메모리 익스체인지

최정화

메모리 익스체인지

최정화

소설

PIN

022

차례

I부
기억을 사는 회사   009

II부
내 이름은 니키   044

III부
도라처럼   082

작품해설   118

작가의 말   133

PIN

022

메모리 익스체인지

최정화

I부
기억을 사는 회사

베러지아니, 구니파우다.

'돈이 덜 드는 만큼 힘을 못 쓴다'는 뜻의 화성
어로 지구인에 대한 표현이다. 화성이 지구인들
에게 입국을 허가해준 것은 지구인들만큼 싼값에
노동을 제공하는 종족이 드물기 때문이다. 지구
인들은 일도 못하고 머리도 나쁘고 성질이 더러
운 종족이지만 이윤을 위해서 그 정도는 감수한
다는 것이 이곳에서의 일반적 견해다.

화성의 출입국 기지에 도착한 순간부터 우리
는 혼란에 휩싸였다. 화성은 지구인들에게 전혀

친절하지 않았다. 친절은커녕 같은 생명체로서의 최소한의 존중도 찾아보기 힘들었다. 그들은 우리가 옆에 서 있거나 지나가는 것조차 거슬려 했다. 단지 곁을 지나갔다는 이유만으로, 욕설이나 폭행을 당하지 않으면 다행이었다. 그들의 눈에는 우리가 같은 생명체로도 보이지 않는 모양이었다. 기지에서 내려 고작 100미터 남짓한 거리를 걸어 로비를 통과하면서 우리는 화성으로 이주하기로 한 것이 큰 실수라는 걸 깨달았다.

하지만 태양이 지구를 끌어당기지 않았거나, 급작스럽게 나타난 별이 지구의 궤도를 바꿔놓지 않았더라도 우리는 떠나왔을 것이다. 지구는 이미 생명체가 살기에 적합한 곳이 아니었다. 집집마다 외벽에 오염물질 차단제를 발라야 했고, 공기정화장치가 장착된 헬멧을 쓰지 않으면 외출조차 할 수 없었으니까. 헬멧을 구입할 경제적 능력이 없는 사람들이 로드킬을 당한 야생동물처럼 거리 곳곳에 쓰러진 풍경은 이제 더 이상 놀랍지 않았다. 그냥 고개를 돌린 채 잠시 숨을 멈추고 계속 걸어가면 된다. 그러다가 시체가 나오면 다시 고개를 돌린다.

사람들은 돈이 될 만한 것들은 모조리 팔아 티켓을 구입했다. 기회만 된다면 망설일 것 없이 지구를 떠났다. 타 행성의 거대기업에서 지구의 노동력을 쉽게 사들이기 위해 우주 비행선을 보냈고, 우리들은 티켓만 구할 수 있다면 도착하게 될 곳이 어딘지 알아보지도 않고 탑승했다. 그게 유일한 생존 방법이었으니까.

이제 돌아가는 건 불가능한 일이었는데, 아이디얼 카드가 없다면 이곳에서 살아남는 일 또한 거의 불가능해 보였다. 이곳에서는 아이디얼 카드 없이는 꼼짝도 할 수 없다. 그런데 우리는 아이디얼 카드가 뭔지도 몰랐다.

복작이는 출입국을 벗어나 버스에 탔을 때, 기사가 우리에게 아이디얼 카드를 소지하고 있는지 물었지만 우리는 그 카드에 대해서 한 번도 들은 적이 없었다.

"당신들은 이 버스를 이용할 수 없어요. 어떤 교통수단도, 식당도, 그 무엇도 허용되지 않을 겁니다. 먼저 아이디얼 카드를 발급받으세요. 그게 순서입니다."

주거를 제공하겠다던 화성인을 만나기만 하면 일단 큰 시름은 놓을 것으로 생각한 우리는 기사에게 통사정을 했지만 그는 단호했다. 그는 여섯 번째 손가락을 들어 우리 뒤쪽의 도로를 가리켰다.

"아카 웅기수마래, 아카 웅기수마래(꺼져라 지구인, 꺼져버려 지구인)."

더 말썽을 피우면 경찰에 연락하겠다고 기사가 협박까지 했기 때문에 우리 가족은 버스에서 내려 다시 기지로 돌아가야 했다.

비행선 티켓을 사는 데 전 재산을 다 써버렸다. 한 달치 숙박료를 미리 지불했지만, 마중 나오겠다던 업자는 보이지 않았다. 알려준 번호로는 연락이 되지 않았고, 숙박소까지 갈 수 있는 교통수단을 찾을 수 없었다. 소개업자는 아이디얼 카드에 대해 이야기해주지 않았다. 사방이 막혀 있는 미로였다.

150여 명의 지구인들에게 다섯 개의 공간이 지

급되었다. 어깨를 맞대고 모로 붙어 누워도 다리를 펼 수 없는 지경이었다. 그 좁은 공간마저 허락되지 않는 경우도 있었다. 우리들은 순번을 정해 번갈아가며 바깥에서, 출입국 로비의 대기석이나 화장실 같은 곳에서 쪽잠을 자야 했다. 방장은 지구인에, 여성에, 미성년은 이곳 화성에서 범죄를 당하기 가장 쉬운 대상이니 조심해야 한다고 단단히 일렀다. 영하 80도의 추위에 설상가상으로 7차 데스트 이블이 휩쓸고 있다고 했다. 난방이 되는 따뜻한 방에서 몸을 녹일 수 있다는 것을 축복이라 생각하려고 노력했다. 나는 햄스터를 플라스틱 통에 넣고 키웠던 것이 얼마나 끔찍한 일이었는지 깨달았다.

운 좋게도 친구를 사귈 수 있었다. 그 애의 이름은 랄라였다. 나보다 한 살 위의 여자아이였는데, 처음에는 나와 성향이 너무 달랐기 때문에 친해질 가능성은 거의 없어 보였다. 그 앤 나를 따라다니면서 자기가 선생님이나 선배라도 되는 양 굴었다. 나는 비위가 상할 때면 말 대신 고갯짓으로 답변했다. 하지만 일주일쯤 지나서 그 애의 손을 붙든 것은 내 쪽이었다.

너무 갑갑했다. 심지어는 말을 걸 수 있는 그
애가 곁에 있는 게 감사하다고 느꼈다. 고작 일주
일 만에 생긴 변화였다.

"난 매일 여기서 나가면 뭘 할지를 생각하면서
시간을 보내. 너는?"

내 소중한 랄라가 말했다. 그 앤 출입국의 매점
가판대에 있는 음료를 보면서 입맛을 다시고 나
서 손톱을 물어뜯으며 내게 물었다.

"여기서 나가게 된다면 그것만으로 축복이지.
나가게 되면 무얼 할까보다는 여기서 나가지 못
할 경우에 대비하고 있어."

"왜 그런 끔찍한 상상을 해야 되지? 현실이 이
미 충분히 끔찍한데."

"그쪽에 대해서 생각하는 게 더 현실적이지 않
아? 현실이 고통스러울수록 사람들은 비현실적
인 쪽으로 고개를 돌리지만 난 현실을 직시하겠
어. 내가 영원히 출입국에 머물게 된다면 어떻게
살 것인가를 고민하겠다는 거야."

"난 절대 그런 일이 일어나지 않을 거라고 생각

할 거야. 반드시 여기서 나갈 거니까."

랄라는 나를 향해 회심의 미소를 지어 보였다.

"대단하다. 어떻게 이런 상황에서 그런 판단을 할 수 있지? 그런 일이 일어날 확률은 거의 없는데도."

너무 많이 떠들어서 쉰 목소리가 랄라를 비꼬듯 튀어 나갔다.

"만약에 이곳에서 늙어 죽게 된다면 차라리 죽음을 무릅쓴 탈출을 감행할 거야. 허가든 탈출이든 방출이든, 이곳에서 나갈 수만 있다면 무엇이라도 하겠어. 거기가 어디라도. 감옥이라도 좋아! 끌려가는 잠시 동안이나마 하늘을 볼 수 있을 테니까."

랄라의 목소리가 점점 커졌고 시야에서 랄라의 모습이 흐려지기 시작했다. 심장이 격렬히 뛰었고, 곧 눈앞이 캄캄해졌다.

깨어났을 때 나는 가족들과 쉰 목소리, 그리고 방장에게 둥그렇게 에워싸인 채 숙소 한가운데에 누워 있었다. 나는 울음을 터뜨렸다.

"이곳에서 나가고 싶어요."

"우리 모두가 그렇단다, 얘야."

어머니가 눈물을 글썽이며 내 이마를 쓰다듬었다.

"인내하며 기다려보자꾸나. 이곳에서 나간다 해도 상황이 크게 달라지지는 않을 거야. 그게 위로가 될 수 있을지 모르겠지만. 그게 사실이야. 받아들여라, 니키."

엄마의 흔들리지 않는 두 눈동자가 나를 내려다보고 있었다. 그 눈은 이미 빛을 잃었고 피부는 건조하고 몸은 여위어 있었다. 고작 한 달이 지났을 뿐인데 엄마는 10년은 더 늙은 모습이었다. 이마 주변과 귀엣머리는 이미 반백이었다. 모두가 6개월 전에는 상상조차 하지 못한 모습으로 상상하지 못한 시간과 장소에 놓여 있었다.

방문 앞에 종이가 하나씩 붙은 건 2주가 지난 후였다.

'메모린에 지원하고자 하는 이들은 이름을 적을 것'이라고 쓰여 있었고 몇몇 어른들이 방문에 달라붙어 자기 이름을 적어 넣었다. 어떤 사람들은 그들을 말렸고, 가벼운 말다툼은 몸싸움으로 이어졌다. 종이는 찢겨 바닥에 흩어졌다.

메모린 지원에 대해서는 의견이 분분했다. 우리 가족은 그에 관한 정보가 불충분하기 때문에 판단을 내리기 위험하다는 데 모두 동의했다.

그래도 거기에 희망을 거는 사람들이 있었다. 그들은 종이에 이름을 쓰고 그다음 날 짐을 꾸려 퇴실했다.

화성에서는 그 일을 '메모리 익스체인지'라고 불렀다.

우리 가족들처럼 갈 곳이 없어져버린 이민자들에게 경제 사정이 어려운 화성의 파산자들이 아이디얼 카드를 팔았다. 아이디얼 메모리를 판매한 이들은 자신의 정보를 완전히 넘기고 기억을 말소시켰다. 그 일은 '제로화'라고 불렸다. 제로화된 화성인들은 특수 구역에 격리되었고 일반 구역 사람들과는 단절된 채 살게 되었다. 나는 제로화 구역에 한 번도 간 일이 없었지만 기억을 완전히 잃어버리고 유령처럼 움직이는 사람들을 떠올려보았다. 나는 고개를 세차게 저었다. 실제로 그들이 어떻게 느끼는지는 전혀 알 수 없고, 내 상상이 완전히 그릇된 것일지도 모르지만 그 삶은 분명히 잘못되어 보였다.

기억을 판다니!

그런 거래가 공공연히, 이렇게 공식적으로 일어나고 있다니 정말 무서운 일이었다.

밤이 되면 어른들은 따로 모여 회의를 했다. 출입국 측 직원들 몇몇과 공동으로 여는 모임이라고 했다. 회의가 끝난 뒤에는 식량을 좀 얻어오기도 했다.

좋지 않은 일이라는 것을 알면서도 식량 때문에 그날을 기다리기도 했다. 이곳에 온 뒤 나는 스스로에 대한 여러 가지 신뢰를 잃었다. 죄책감을 달래기 위해서 괜히 희망에 찬 말들을 주고받았고 감정을 부풀리거나 거짓말을 꾸며냈다. 매일 누구누구에게 들은 이야기인데 곧 우리들이 나갈 수 있게 될 거라고 랄라에게 말하기도 했다. 매번 이유는 달라졌지만 그 거짓말은 거짓말이라는 게 너무 드러나서 우리 둘 다 감정을 이입하기가 아주 어려웠다. 그래도 계속 그 말을 떠들어댔다.

출입국에서의 6개월은 60년처럼 느껴졌다. 물론 난 아직 10대였고, 60살이 되어본 일은 없지만……. 시간이 흐르면 자연스럽게 벗어나리라고 여겨졌던 것이 여전히 발목을 붙들고 있고 꽤 멀리 헤엄쳐 왔다고 생각했는데 애초에 시작했던 곳과 얼마 떨어지지 않은 채 허우적거리고 있는 기분이었다.

죽을힘을 다했는데 매번 같은 자리였다.

나는 그 6개월 사이, 인생에 대해 크게 다른 태도를 갖게 되었다. 랄라의 말에 의하면 풀이 완전히 죽어 보인다고 했다. 전에 내 주위에서는 회오리바람을 닮은 세찬 기운이 느껴졌는데 이젠 실바람조차 느껴지지 않는단다.

"죽었는데도 죽은 줄 모르고 이곳에서 떠돌고 있는 건 아닐까? 어쩌면 우리 모두가 말이야."

랄라는 소리 내서 오래 웃었다. 6개월 사이에 내가 허풍선이 거짓말쟁이가 되었다가, 이제는 철학자나 종교인 행세를 하는 것처럼 보인다고 했다. 랄라가 지난 내 모습을 기억해주고, 그에 대해 말해줄 때마다 눈시울이 뜨거워진다. 우리는 서로를 바라보고 기억함으로써 살아 있다는 것을 증명하고 있었다.

깊은 밤, 찌그러진 럭비공 같은 두 개의 달을 보고 있으면 더 이상 이곳이 어딘지에 대해서 두려워하거나 초조해하지 않아도 될 것 같은 기분이 든다. 여기는 두 개의 달이 뜨는 세계이고, 나는 그 달을 보고 있다. 이 정도면 충분하다. 시야로 현란하게 들이치던 전광판의 불빛이 하나둘씩 꺼지고, 건물들은 어둠에 잠겨 바다 밑으로 가라앉은 듯 형태를 뭉그러뜨리고, 낮보다 하늘이 더 멀리에 있는 것처럼 보인다. 허공에 떠 있는 두 개의 달을 보면 깊은 안도감이 들곤 했다.

위성들은 내게 출구처럼 보였다. 내가 머물고 있는 세계가 전부가 아니라는 증거. 언젠가 이곳이 아닌 다른 세상을 보게 될 거라는 약속. 그러고 보면 나는 늘 내가 있는 세계를 알지도 못하면서 다른 세계를 꿈꾸는 데 많은 시간을 보내왔다. 지구에서도 마찬가지고, 여기서도 그렇다. 어쩌면 장소가 어딘가는 중요하지 않을지 모른다. 그곳에서도 이곳에서도 같은 일이 반복되고 있다는 생각이 든 순간, 나는 지구에서 달을 보던 순간을 떠올렸고, 그러자 내가 이토록 두려워하며 전전긍긍하는 것과 달리, 실은 달라진 것이 아무것도 없다는 생각이 들었다.

가끔은 행복한 순간도 있었다. 해가 질 때, 온통 파란빛으로 하늘에 노을이 번질 때. 화성의 푸른 석양을 누릴 수 있는 것은 화성인들과 마찬가지로 화성에 온 지구인들에게도 주어진 축복이었다. 푸른 석양의 아름다움은 비현실적인 행복감에 젖게 했다.

"감옥에 갇혀 있는 것과 마찬가지인데 단지 노을이 푸르다는 이유만으로 감상에 젖다니 정말 이상하지 않아? 하지만 나 지금 너무 행복해, 니키."

나는 고개를 끄덕였다.

"나도 몹시 행복해. 그런데 돌이켜보면 지구의 하늘을 볼 때도 사실 마찬가지였어. 난 늘 갇혀 있다고 느꼈고, 푸른 하늘과 붉은 저녁놀을 볼 때만이 자유로울 수 있었지."

그렇게 말한 뒤에 등을 대고 벌렁 누웠다.

"지금 막 삼촌이 내게 해줬던 말이 떠올랐어."

"뭐였는데?"

"네가 존중받아야 할 인간이라는 걸 잊지 말아라."

랄라의 반응은 심드렁했다. 내 말을 듣지 못한 게 아닌가 싶었다.

"어때? 아주 따뜻한 말이지?"

"아니, 그건 너무 무서운 말이다, 얘."

랄라는 어깨를 움츠리며 시선을 바닥에 떨구었다. 하도 손톱을 물어뜯어서 짓물러버린 손가락 끝을 문지르며 조심스럽게 내게 물었다.

"그건 아마 우리가 인간이 아니게 될 수 있다는 뜻인 거 같은데?"

"아니, 난 그렇게 생각 안 해. 삼촌의 말을 기억하는 한 난 인간일 거야. 어떤 일이 일어난다고 해도 말이야."

랄라가 깊은 한숨을 쉬었다. 그 애는 그 순간 나와 같은 아이가 아니라 어른인 것처럼 보였다.

"네게 말하면 깜짝 놀랄지도 모르겠는데……."

랄라가 나를 물끄러미 쳐다보았다. 그 애가 아주 진지하다는 걸 느낄 수 있었다.

"말해봐."

"나 메모린에 지원했어. 그러니까 내가 지구인이라는 사실이 이젠 더 이상 중요하지 않아."

랄라의 얼굴이 붉어졌다.

"넌 혼자가 아니야. 우리 모두 여기 이렇게 살아 있잖아."

랄라는 단호하게 고개를 저었다.

"돌아갈 지구가 없다면 우리들끼리의 연대라는 건, 그건 의미 없는 일이야. 난 새로운 삶을 시작할래."

랄라는 다른 지원자들처럼 다음 날 아침에 숙소를 떠났다.

우리 가족들은 여전히 숙소에 남아 있다. 제각기 성격도 취향도 달랐지만, 뿔뿔이 흩어지지 않는 게 최선이라는 데 모두 동의했기 때문이다. 엄마는 우리 가족이 헤어져서는 안 된다고 강조했다. 서로를 도와야 한다고, 함께 살아남아야 한다고 했다. 난 친구를 잃었지만 지구인임을 잃어버리는 것보다는 낫다고 생각하며 버텼다.

메모린 1차 모집에 모두 223명이 지원했다. 전체의 5분의 1 정도가 숙소를 빠져나갔다.

출입국 로비를 어슬렁거리다가 나는 둥글게 모여 이야기 나누는 무리 가운데에 있는 랄라를 보았다. 랄라는 나를 알아보지 못했다. 몇몇 지구인들과 함께였고, 말과 행동은 화성인 같았다. 그리고 놀랍게도 그 애의 머리는, 화성인들과 마찬가지로 타원형으로 변해 있었다. 사람들은 더 이상 랄라를 랄라라고 부르지 않았고 랄라도 그 이름을 잊은 것 같았다.

공무 집행관들은 출입국 로비 한가운데에 무대를 설치했다. 전광판에 '제1차 메모리얼 체인지 체험담'이라는 붉은 글씨가 깜빡였다.

나는 유행하는 팔찌를 낀 화성인처럼 뾰족한 두상의 여자를 바라보았다. 랄라에게 아이디얼 카드를 제공하고 자신의 기억을 판 사람이 이전에 무슨 일을 했는지 모르지만 아마 시각에 문제가 있었던 것 같다. 랄라는 자주 눈을 찡그렸고,

자주 렌즈를 뺐냈다가 세척해서 다시 끼웠다.

"메모리얼 체인지에 관심 있어? 왜 그렇게 열심히 들어?"

오빠가 물었다.

나는 고개를 저었다.

"아는 사람이야."

"누구?"

"오른쪽에서 두 번째."

오빠가 고개를 끄덕였다.

랄라는 내 쪽을 쳐다보지도 않았다. 그 애는 나를 기억하지 못하는 것 같았다. 랄라는 출입국에서 무작정 버티고 있는 우리들이 고작 두려움 때문에 새로운 인생을 택하지 못한 채 보류된 상태에 머물고 있는 게 안타깝다고 말했다. 우리들의 눈에 자신이 낯설고 이상한 존재로 보일 수 있다는 것도 안다고 했다. 자기는 이전의 삶을 기억하지 못한다고, 하지만 우리가 겁내는 것처럼 자기를 잃어버렸다고 생각하지는 않는다고 했다. 랄라는 자기가 나를 기억하지 못한다는 사실도 알고 있을까?

"기억하지 못하지만 난 알고 있어요. 나는 메모린이고, 메모린들은 과거를 잃어버린 사람들이에요. 하지만 그 말을 뒤집어본다면 난 새로운 삶을 건네받은 사람이고, 내 삶은 충만해요. 난 만족감을 충분히 느끼고 있습니다, 다른 삶을 원치 않아요. 이대로 모든 게 좋아요. 이게 내가 여러분에게 메모린이 되기를 권하는 이유입니다."

오빠가 고개를 갸웃거렸다.

"네 눈에는 저 사람 상태가 어때 보여?"

"무언가 결여된 것 같아. 난 모든 게 좋다는 상태가 가능하다고 생각 안 하니까. 지적 능력에 문제가 있는지도 모르겠다."

"내 눈에도 그래 보여."

"본인은 행복하다고 하잖아."

"우리가 불행한 삶에 너무 익숙해져서, 이제는 행복한 사람들을 알아보지도 못하는 지경에 이른 걸까?"

오빠가 고개를 갸웃거렸다.

한곳에 너무 오래 머물면 어떤 것을 전혀 알 수 없게 되어버린다. 어떤 사람을 너무 오래 만나면 그 사람을 알 수 없게 되어버리는 것처럼. 어떤 순간에도 나 자신의 감정이나 판단을 아주 완전히는 믿지 않았다. 그래서 늘 아슬아슬했지만, 다른 방법을 아직까지는 찾지 못했다.

랄라 다음에 강연을 하러 올라간 남자는 그가 누리고 있는 혜택에 대해서 설명해주었다. 이건 가능한 조건하에서 최상의 선택이고 그걸 선택하지 않을 이유가 없다, 논리적으로 당연한 귀결이라고 했다. 하지만 랄라와 달리 그는 메모리얼 체인지가 옳은 일은 아니라고 생각한다고 했다.

나는 그때 저 다섯 명의 공통점이 메모린이라는 것 외에는 아무것도 없다는 걸 알았다. 그래서인지 어떤 메모린이 강연을 할 때와 또 다른 메모린이 강연을 할 때 반응하는 청중의 무리가 아주 달랐다. 나는 저들이 영양소를 골고루 계획한 식단표를 닮았다고 생각했다. 그러니까 그들의 구성은 우리 청중들의 제각기인 성향을 충분히 고려한 결과물이라는 생각이 들었다. 누구든 다섯 명중 한 사람에게는 끌리는 마음이 생길 것이리라.

랄라와 일행들은 각자의 체험담을 이야기했다.

하나같이 메모리얼 체인지를 통해 자신들이 새 삶을 얻게 되었으며 동향인으로서 메모리얼 체인지를 추천한다는 얘기였다. 강연의 목표는 하나로 귀결되었다. 나는 공포를 느꼈다. 다섯 번째 강연자가 아니었다면 나는 그 상황을 아주 끔찍하다고 여겼을 것이다.

다섯 번째 강연자는 메모리얼 체인지를 추천하지 않았다. 물론 그 사실을 입 밖에 내지는 않았다.

그는 실신했다.

다섯 번째 지구인은 다른 이들과 달리 어딘가 불안해 보였다. 그는 말을 좀 더듬었다. 많은 사람들 앞에서 이야기하는 것을 부담스러워 하는 것처럼 보였다. 땀을 흘리기 시작하더니 점점 더 말이 느려졌다. 정신이 다른 데 있는 사람처럼 보이기도 했다. 가볍게 손을 떨고 있었고, 호흡도 불안정했다.

"저 또한 앞서 말한 분들처럼 여러분에게 메모리얼 체인지를 추천……."

그는 고개를 저었다.

"저는 메모리얼 체인지를……."

그는 고개를 떨어뜨렸다.

청중들이 웅성거렸다. 연단 뒤편에 나란히 앉아 있던 네 사람의 메모린도 당황한 듯 보였다.

"추, 추천을……."

그는 그 자리에 쓰러졌다.

구급대가 왔다. 산소마스크가 씌워진 뒤 구급차에 실려 그는 어디론가 떠나갔다.

우리들처럼 건강한 지구인들도 생존하기 어려운 곳에서 아픈 지구인들은 살아남을 수 있을까? 그에게 무슨 일이 일어난 건지 짐작도 할 수 없다. 이 바깥의 세계를 나는 본 적도 없으므로. 오빠는 어쩌면 그의 발작이 연기고, 그 연기조차 기획된 강연의 일부일지도 모른다고 했다.

"고통 속에서도 판단 능력을 잃지 않은 이에 동일시하고 싶은, 우리들 중 누군가를 위해서 말이야."

난 그게 무슨 소린지 이해하지 못했다. 어깨를 으쓱해 보이고, 그 사람이 지금쯤은 나아졌는지 염려했다. 그래도 그에겐 우리에게 없는 아이디얼 카드가 있으니까, 병원에서 치료를 받을 수는 있겠지, 하며 위안 삼았다.

랄라는 환하게 미소 지으면서 강연장을 떠났고, 메모린들이 돌아간 뒤에 50여 명의 지구인들이 메모리얼 체인지를 신청했다. 그들 중에는 엄마도 끼어 있었다.

"이곳에선 더 이상 희망이 없어."

엄마는 내게도 메모리얼 체인지를 권했다. 불과 몇 달 전만 해도 엄마는 단 1퍼센트도 그 일에 동의하지 않았었다.

메모리얼 체인지를 선택하지 않은 이민자들은 모두 반송 조치될 거라고 했다. 우리들은 스스로를 잃어버리지 않는 대신 우주를 영원히 떠돌게 될 것이다. 떠돌이 고향 별 지구의 운명과 같이.

오빠는 일주일 뒤 기지 밖으로 뛰어내렸다.

자유의지. 그게 인간을 인간으로 만들어주는 거다. 니키. 난 추위를 그다지 싫어하지 않아. 머리가 좋아지는 기분이 들거든. 물론 사실은 그렇지 않겠지. 환경이 생명 유지에 안 좋은 쪽으로 작용하면 지능은 오히려 떨어지겠지. 그러니까 이건 그냥 기분이야. 그리고 이건 그냥 농담이야.

반 정도는 사실이 섞여 있는데, 난 늘 추위를 견딜 만하다고 생각해왔으니까. 끔찍한 건 여름이야. 도로에서 아지랑이가 피어오를 때마다 눈을 수십 번 감았다 뜨곤 했어. 내가 두려워하는 건 죽음이 아니라 환각이야. 착각. 난 늘 내가 착각 속에서 바로 보지 못하고 있다는 두려움에 떨고 있었어. 그건 추위에 떨고 있는 것보다 더 끔찍한 일이었단다. 죽을 때도 환각이 오겠지, 니키? 아마 내가 그 감각을 느낄 겨를도 없이 얼어붙고 말 테고.

니키, 네가 어떤 선택을 하든 널 존중할게. 너도 내게 그렇게 해줘.

난 오빠가 현명한 사람이라는 것을 안다. 그가 그런 선택을 했다면, 분명 그럴 만한 이유가 있을 것이다. 이 말은 내가 그를 끝내 이해하지 못했다는 뜻이기도 하다.

그 사람이 그렇게 행동하는 이유를 알게 되는 것이 이해라고 생각해왔는데 그 생각이 조금 달라졌다. 이해하려고 하지 않는 것이 이해가 아닐까. 그가 하고자 하는 대로 두는 것. 그게 당시의 내가 오빠에게 줄 수 있는 최상의 우정이었다.

나는 지금도 우리가 지구를 떠나기 전날, 태양이 서서히 부풀어 오르던 모습을 눈앞에 생생히 떠올릴 수 있다. 그 아름다움에 취해, 이제 적색거성이 되어버린 태양이 지구에 끼칠 영향 같은 건 조금도 짐작하지 못했다. 우리가 설 곳을 잃어버리게 될 것이라는 것, 또 그게 무엇을 의미하는건지 알지 못했다.

팽창하는 붉은빛에 정신을 잃은 내 옆에서, 엄마는 슬픈 영화를 보는 사람처럼 계속 눈물을 흘렸고, 삼촌은 전혀 동요하지 않은 채 냉정한 관찰자로서의 침착함을 유지했다.

"이제 지구가 서서히 식을 거고, 그게 뭘 의미하는지는 그때 알게 되겠지."

삼촌은 '의미'라는 단어를 자주 썼다. 그는 이 세상이 의미로 가득 차 있다고 했다. 그 의미들을 발견하는 게 자신의 인생이라고 했다. 하지만 의미를 찾는 건 삼촌의 삶이고, 내 인생의 목적은 스스로 찾아야 한다고도 했다. 다른 사람이 아니라, 네 인생 말이다. 삼촌은 그 말을 자주 했다.

"죽게 되면 삼촌이 좋아하는 그 의미들을 알 수도 없게 되어버릴 텐데."

삼촌은 고개를 저었다.

"사라지는 것은 육체야. 난 거리에서 죽음을 당한 이들이 화장터에서 재가 될 때 정말로 완전히 사라져버렸다고 생각하지 않는단다."

삼촌은 엄마처럼 적색거성을 하나의 풍경으로 받아들이는 것은 무지한 일이라고도 했다.

"이건 예술작품이 아니야. 만일 네가 붉은색과 원형에 관심이 있다면 무소르기 미후의 작품을 보러 전시회에 가는 게 낫지."

"난 무소르기 미후가 누군지 모르겠지만 너처럼 제 발로 불난 집에 걸어 들어가진 않는다."

엄마가 쏘아붙였다.

두 사람은 한동안 말다툼을 벌였다. 당시 우리 가족들은 조급하고 신경이 곤두서 있었다. 태양 속으로 곧 빨려 들어가 타버리고 말 거라는 두려움이 우리를 몰아세웠다. 하지만 그런 일은 일어나지 않았다. 핵융합 반응으로 인해 팽창한 태양이 점차 부풀어 올라 지구의 궤도에까지 다다르면 지구는 태양의 고온에 노출되면서 표면이 녹아 증발하고 회전력을 잃은 채 태양 안으로 끌려 들어가고 말 거라던 과학자들의 견해는 빗나갔다. 예측하지 못한 이웃 별이 이상 접근하여 지구 곁을 통과할 때, 지구는 그 별의 중력의 영향으로 태양계로부터 튕겨져 날아갔다. 지구는 태양계를 벗어나 궤도도 없이 방랑하는 떠돌이별이 되어 유유히 우주를 비행하고 있다.

우주를 떠돌던 지구가 만약에 화성 근처를 지난다면, 그 별이 지구라는 걸 내가 알아볼 수 있을까? 그 생각을 하면 가슴이 떨린다. 언젠가 내가 밤하늘을 바라보다가 아무 이유도 없이 가슴이 시리고 수없이 많은 별들 중 어느 하나의 별을 향해 아주 오랫동안 손을 흔들고 싶어질 때, 그건 지구별이 지금 내 곁을 스쳐 지나가고 있기 때문이라는 걸 알 수 있을까? 그 별이 내 고향 별이라는 걸 알아볼 수 있을까?

지긋지긋하게 여겼던 그 모습마저도 이제 다시

볼 수 없다고 생각하니 아름다웠다. 아마 이게 삼촌이 경계하던 태도일 것이다. 나는 엄마처럼 의미를 지우고 그저 풍경으로 기억을 떠올리게 된 모양이었다.

삼촌이 처음부터 의미의 감옥 속에 스스로 걸어 들어갔던 것은 아니다. 그가 그렇게 된 데에는 결정적인 계기가 있었다. 엘리트 교육을 받고 우수한 성적으로 졸업해서 누구나 가고 싶어 했던 기업에 채용되었던 삼촌이 외행성으로 발령받았다가 돌아온 뒤에는 방에 처박혀 나오지 않았다. 그러니까, 삼촌은 이미 한번 지구를 떠났던 사람이었다. 삼촌은 서류 처리가 잘못되는 바람에 3개월 정도 감금되었고, 온갖 노력을 기울인 끝에 지구로 돌아올 수는 있었지만 그 이후로는 어떤 일에도 의욕을 보이지 않았다. 삼촌의 눈빛에는 무언가가 상실되어 있었다.

나는 삼촌이 외행성에 뭔가를 두고 왔다는 걸 느낄 수 있었다. 그걸 되찾을 수 있다면 삼촌도 이전의 눈빛을 되찾게 될 것이라 믿었다.

결국에는 다시 예전처럼 움직이게 될 거라고,

엄마는 호언장담했다. 겨울에 곰이 굴속으로 들어가 먹지도 않고 돌아다닐 생각도 않고 잠만 잔다고 해서 그게 슬퍼할 일이니? 엄마는 내게 그렇게 설명했고, 그 설명을 스스로 믿고 싶어 하는 듯 보였다.

삼촌은 지구 밖에서 있었던 일들에 대해서 이야기하지 않았다. 이야기하지 않는 게 아니라 이야기하지 못하는 것이었다. 삼촌이 두고 온 건 그곳에서의 기억이다. 그리고 그것을, 삼촌이 잊은 그 기억을 발견한 것도, 그리고 그걸 돌려주지 않는 것도 나다. 지금까지도 내가 스스로 잘했다고 여기는 일들 중 하나다.

학기 중 봉사활동 점수를 채우기 위해 도서관 대출실에서 일하고 있을 때였다. 로비에 5월의 이벤트로 지난 5년간의 신문들을 전시해놓았는데 나는 거기서 삼촌이, 다른 지구인들과 함께 좁은 우리 안에 갇혀 있는 것을 보았다.

사진에는 5센티미터의 길이에 '우가에 구금되어 있는 지구인 9명'이라는 설명이 붙어 있었고,

몇 장의 사진이 더 있었다. 다닥다닥 몸을 붙인 채 다리도 펴지 못하고 잠들어 있는 모습, 진흙을 닮은 색깔의 식량을 먹고 있는 모습, 강제노역을 하다가 잠시 쉬는 모습 같은 것들이었다.

사진을 보고 있는데 전화가 걸려왔다. 우연이라고 하기에는 좀 고약하다 싶게, 삼촌에게 걸려온 전화였다. 나는 애써 밝은 목소리로 전화를 받았다.

삼촌은 어디냐고 물었다.

"수영장 앞이야. 오늘 날씨 끔찍하게 더워. 5월이 아니라 7월인 줄 알았어."

"책의 바다에서 수영하고 있단 뜻이니?"

나는 주위를 둘러봤다. 이벤트장 입구에서 삼촌이 핸드폰을 든 채 나를 향해 서 있었다. 나는 삼촌에게 뛰어가 막무가내로 밖으로 끌고 나왔다. 배가 고파 쓰러질 지경이니 당장 밥을 사달라고 했다.

삼촌은 내가 무슨 거짓말을 하는 듯하다며 언젠가 사실을 얘기해줄 수 있다면 그렇게 해달라고 했다. 그리고 순순히 이끌려 나오더니 근처의 카레를 파는 식당으로 나를 데려갔다. 난 카레를 아주 좋아했지만 그날의 카레는 무슨 맛인지 기억나지 않는다. 밥을 먹는 내내 삼촌이 수용당한 곳에서 일하고 자고 먹던 모습이 눈앞에서 아른거렸다. 나는 결국 울음을 터뜨리고 말았다.

"묻지 않을게. 하지만 언젠가 네가 말하고 싶은 날이 오고, 그때 그 얘길 들어줄 사람이 없다면 그때 내가 들어줄게."

나는 울면서, 카레를 먹으면서, 고개를 끄덕였다.

"사람들이 널 어떻게 대하든 간에, 넌 자유롭고 존중받아야 할 인간이야. 그걸 잊지 말렴."

그때는 삼촌이 왜 내게 그런 말을 하는지 알지 못했다.

삼촌의 말을 이해하게 되었을 때, 나는 그 말을 잊고 싶어졌다. 이 모든 기억을 잊는 게 꼭 그렇게 나쁜 일인가 하는 질문이 솟기 시작했다. 난 너무 외로웠다. 그리고 한순간이라도 편안해지고 싶었다. 물론 그 편안함이 고통이 사라지게 하는 게 아니라 내가 고통스럽다는 사실을 잊는 것, 눈 뜬장님과 같은 상태라는 걸 잘 알고 있었으므로 쉽사리 메모린에 지원하지는 못했다.

하지 않겠다, 포기하지 않겠다, 지구인을 그만 두지 않겠다, 내 기억을 간직할 거다.

나는 매일 구구단을 외우는 것처럼 중얼거리면 서 잠에 들었다.

일주일 뒤에 메모리 익스체인지사에서는 숙소 에 머물고 있는 인원 전부에게 다시 한 번 지원서 를 보냈다. 2차 메모린에 지원한 인원이 고작 45퍼 센트밖에 되지 않아 안타깝고 유감이라는 내용이 었다. 개조를 신청한다면 1, 2차 때보다 더 높은 보수와 혜택을 제공할 의향이 있고, 또 지금 당장 은 망설여지겠지만 언제든지 마음이 바뀐다면 지 원해달라고도 쓰여 있었다.

분홍빛 하늘을 보아도 아무것도 느낄 수 없었 다. 늘 나를 사로잡았던 푸른 석양에도 더 이상 감흥이 없었다. 마침내 내가 지구인이라는 사실 을 싫어하게 되었다. 그것만은 무덤덤하게 받아

들일 수 없었다. 몹시 마음 아픈 일이었다. 지구는 이제 존재하지도 않고 돌아갈 수도 없는데 내가 그곳에서 태어나 살았다는 이유만으로 이런 취급을 받아야 한다는 걸 이해할 수 없었다.

오직 화성인들만이 한눈에, 때론 보지 않고도 내가 지구인이라는 걸 알아채는 것 같았다. 그 사실은 마치 이마의 붉은 표식처럼 나를 따라다녔다.

내가 지구인이라는 건 누군가 나를 죽여도 되고 함부로 대해도 되고 없는 사람처럼 굴어도 된다는 뜻이기도 했다.

내가 왜 그 표식을 달고 있어야 하는가?

나는 조금씩 흔들렸다.

내가 지구인임을 유지해야 할 필요가 있을까?

기억을 잃어버린다고 해도 나는 여전히 나이지 않을까?

나는 한때 그토록 경솔하다고 여겼던 랄라의 심정을 이해하게 되었다.

그날 밤에도 화성에는 두 개의 달이 떴다. 정면으로 보이는 것이 포보스, 반대쪽에는 데이모스.

포보스는 언젠가 화성으로 낙하하고, 데이모스는 화성을 벗어날 거라고 했다. 두 개의 위성이 한동안 함께 화성을 맴돌다가, 각기 방향을 달리하고 헤어지게 된다는 것 때문에 잠시 랄라를 떠올렸다. 왜 하나는 낙하하고 하나는 밖으로 벗어나는지가 몹시 궁금했다.

랄라도, 가족들도 모두 떠난 썰렁한 숙소에서, 대여섯 명 남은 지구인들과 함께 두 달을 더 버티다가 나 역시 지원서에 이름을 적어 넣었다.

'니'라고 적을 때, 하나의 기억이 떠올랐다. 화성으로 오는 비행선 포-마르스에 탈 때 랄라가 내 앞좌석에 앉았었다는 사실, 앞자리에 앉은 여자애의 뒤통수가 잠깐 보였던 것, 그리고 비행선이 흔들릴 때마다 비명을 지르며 불안해했던 것, 내릴 때 내가 그 애의 가방이 열려 있는 것을 닫아주었던 것도. 난 내가 랄라를 그리워하는 건지, 메모린이 되고 싶어진 건지 내 욕망의 정체조차 제대로 파악하기 어려웠다. 그게 가장 두려웠다.

'키'라고 적을 때 떠오른 또 하나의 기억은 우

리를 태우고 있던 비행선에 대한 것이었다. 지구 인들의 동그란—그때는 생물체의 뒤통수는 모두 당연히 동그랗다고 여겼던 시절이다— 뒤통수가 놓여 있는 좌석마다 베이지색 덮개가 씌워져 있었고, 거기에 그려져 있던 마크를 떠올렸다. 그 마크는 매달 숙소 방문에 나붙는 메모린 지원 명단 하단에 그려져 있던 것과 같았다. 마크는 파란색이었고 구름인지 뇌인지 모를 구불거리는 모형의 주변으로 들어오는 화살표와 나가는 방향의 화살표가 양쪽에 그려져 있었다. 그리고 아래쪽에 '마미앙 움 데파르토'라고 쓰여 있었다. 나는 이제 화성어 단어들을 조금씩 읽을 수 있었기 때문에 그게 무슨 뜻인지 알 수 있었다.

마미앙 움 데파르토.
기억을 바꾼다.

처음부터 이 모든 일들이, 그러니까 실수로 숙소 주인이 마중을 나오는 걸 잊었거나 우리가 사기를 당했거나 하는 어떤 불찰 때문에 이런 곤욕

을 치르게 된 것이 아니라, 비행선에 탑승하는 순
간 이미 다 예정되어 있었다는 뜻이었다.

　나는 내가 처한 이 완벽한 무지 앞에 몸을 떨었
다.

　우리들은 푸른 하늘과 붉은 석양을 그렇게 떠
나왔다.

Ⅱ부
내 이름은 니키

우리는 갇힌 채로 갇혀 있다는 걸 모른다. 묶인 채로 묶여 있는 줄을 모른다. 고통받고 있지만 고통을 느끼지 못한다. 매일 수용소인들의 신체에 각성파가 쏟여진다. 매일 아침 잠에서 깨어나 방 안의 사물들을 다시 눈에 익히고 방금 전 꾼 꿈의 내용을 잊으며 등을 켤 때, 방을 환하게 밝히는 그 등불은 방만 밝히는 것이 아니라 몸을 마비시킨다. 전파는 우리가 몇십 년째 1솔(하루)을 똑같은 사이클로 움직이고 그 점에 대해 의구심을 품지 않도록 진통제 역할을 한다. 전파는 또 흥분제 역할도 하고 있어서 수용소 건물 밖에 다른 세계가 펼쳐져 있고 우리들이 마음만 먹으면 이곳을 나갈 수 있다는 사실을 깨달을 틈을 주지 않는다.

여기는 화성의 최하층 계급이 살고 있는 제로화 구역이다. 모두 타 행성에서 온 이주민들이다. 매일 화성으로 쏟아져 들어오는 이들 중 대부분이 반송되고 있는 것을 생각하면 우리들이 처한 상황이 최악은 아닐지도 모른다.

우리들이 자기 통제력을 잃은 채로도 이렇게 존재하는 것처럼 이곳의 사물들 역시 본질이 삭제된 채 다만 형태가 있을 뿐이다. 투명한 PMP 소재로 된 화병에는 합성섬유 꽃이 꽂혀 있고 화학물질로 범벅 된 꽃향기가 흐르고 침상의 버팀목에는 나뭇결무늬가 새겨져 있지만 그 무늬를 손톱으로 긁어내면 회색빛 시멘트 재질이 드러난다. 음식 또한 예외는 아니다. 과일 모양을 한 젤리와 고기를 흉내 낸 단백질 덩어리, 온갖 야채의 모양을 본뜬 합성 비타민과 무기질. 식량의 원재료가 무엇인지에 대해서 우리들은 모르고 있다.

그러나 그 무지가 우리들을 안도하게 한다. 갇혀 있는 이 세계 안에서 우리는 마음껏 자유롭다.

이곳이 세계의 전부라고 믿으면서. 아니 믿을 필요도 없이. 아무것도 의심하거나 궁금해하지 않으면서 우리들이 사는 곳에 출구가 없다는 사실을 자각하지 못하고 있다. 안이 있다면 바깥이 있을 거라는 단순한 진리를 잊은 채, 우리들은 아직 태어나지 않은 생명처럼 웅크린 채로 충족되어 있다.

우리들은 모두 같은 시간에 잠들고 깨어난다. 우리들은 같은 것을 보고 듣고 느끼고 생각한다. 우리들은 우리가 누구인 줄 모르며 이곳이 어디인 줄도 모른다. 그래서 마음껏 행복하다. 도취되어 있으며 평화롭다. 매일매일 똑같은 양만큼 흥분하고 역시 같은 수치만큼 가라앉는다. 같은 간격으로 그 일을 반복한다. 아침 식사를 할 때 쏘이는 전파는 심신의 리듬을 컨트롤한다. 아침에도 저녁에도 잠을 자는 동안에도. 우리들은 인지하지 못한 채로 완벽히 통제되어 있다.

우리들이 나누는 대화는 수용소 방송에서 나오는 대화의 변형일 뿐, 서로에게 가닿지 않는다. 우리들은 화면에서 본 표정을 지으며 방송에서 본 제스처를 따라 한다. 그것이 삶이냐고 묻지 않는다. 왜냐하면 우리들은 흥분하고 들떠 있어서 자기 자신을, 자기 자신의 삶을 바라볼 틈이 없기 때문이다. 전파가 안내하는 대로 1솔의 일정을 충실히 수행하고 전파가 지시하는 대로 침상에 반듯이 눕는다. 수면파를 쏘이는 즉시 잠에 든다. 각성파를 쏘이는 순간 눈을 떠 아침을 맞이하고, 오로지 지난밤 꾸었던 꿈의 상흔이 떠올랐다가 사그라드는 몇 초간, 제대로 포착도 하지 못하고 스쳐 지나간 어떤 장면을 잠시 그리워하며 언젠가 우리 자신이 살아 있었던 적이 있던 것 같다고 느낀다. 그것이 삶이 아닐까 묻는다. 그러나 식욕파가 그 몇 초간의 축복을 잽싸게 거두어 간다. 우리들은 모두 같은 강도의 허기를 느끼며 같은 보폭으로 식당을 향해 걸어간다.

우리들은 삶이 뭔지 잊었고 죽음에 대해서도 생각하지 않는다.

내 이름은 반다.

제로화 구역 10호의 수용인으로 최근의 기기

파손 전과를 제외하면 꽤 모범적인 수용소 생활을 해왔다. 나는 지구인 출신으로, 메모리얼 체인지를 거부했다는 이유로 이곳에 감금되어 있다. 화성에 도착한 열다섯 살 이후로 한 번도 이곳에서 벗어난 적이 없다. 화성이 어떻게 생겼는지 보지 못한 채 10년이 지난 셈이다. 그러나 그 일이 그다지 나쁘다는 생각은 들지 않는다.

침상에 누운 채 전파가 지시하는 대로 몸을 움직이는 동료들과 마찬가지로 나는 전파의 충실한 수행자다. 내 기분은 이곳의 동료들과 같은 수치만큼 평화롭고 행복하다. 우리들이 천국이라고 느끼는, 그래서 전혀 탈출할 생각도 하지 못하는 이곳이 실은 보잘것없는 콘크리트 건물에 부실 공사로 외벽은 부서져 내리고 있으며 냉난방이나 습도 조절조차 되지 않는다는 것, 제공되고 있는 식사의 영양이 부족하고 운동시설이나 의료시설도 미비하다는 것 등을 알고 있다. 하지만 우리는 늘 웃고 있다. 침상에서, 식당의 테이블에서, 화장실에서 흘러나오는 흥분파가 우리를 기쁘게 한다. 일단 자신이 웃고 있고 상대방도 웃고 있으니 여기가 천국이겠거니 싶다. 수용소 밖으로 나가본 일이 없으니 여기가 전부이겠거니 싶다. 추측이 오래되면 확신이 된다. 익숙한 모든 것은 편안함을 준다. 우리가 매일 분에 넘치게 누리고 있는 이 게으른 안락이, 깊이 잠든 채 깨어날 기미를 보이지 않는 영혼의 잠이, 평화의 겉모습만을 흉내 내고 있는 무감각이, 우리 삶의 동력이다.

알고 있는 것은 내가 이 행성에 속한 사람이 아니라는 것, 고향의 하늘이 푸르렀다는 것, 그리고 내가 그곳을 몹시 그리워하고 있다는 것.

겨우 그 몇 가지 사실뿐이다.

사각형의 꿈을 꾸었다. 수용소 벽 상단에 나 있는 기다란 직사각형 구멍에 대한 꿈이다. 그건 안에 있지도 밖에 있지도 않았고, 네 개의 변으로 틀 지워져 있으며 한가운데는 텅 비어 있다.

그 안으로 팔을 넣는다. 주먹을 쥐고 천천히 팔을 집어넣으면 아무 저항도 없이 스르르 미끄러져 들어간다. 보지 않아도 느낄 수는 있다. 저 너머의 세상은 수용소와 다른 매질로 채워져 있다.

수용소가 끊임없이 충돌하고 뻗어 나가고 반사되고 흡수되는 온갖 전파들로 채워져 있다면, 그 너머는 아무것도 없다고 느껴질 만큼 고요하다. 부드럽고 느슨하고 따뜻한 무엇이 내 살결을 부드럽게 에워쌀 때면 나는 아주 기분이 좋아졌다. 온종일 쏘인 각성파로 곤두서 있던 신경들이 일제히 별이 떨어지듯이 순식간에 가라앉았다. 팔이 아니라 내 몸 전체를 그곳으로 밀어 넣으려고 한다. 하지만 팔은 다시 튕겨 나왔고, 다시 수용소 안이다.

꿈에서 깨어난다. 고개를 들자 직사각형 구멍은 사라졌다.

여기에는 두꺼운 회색 벽이 있고 색색의 전파가 닿았다가 반사되고 또다시 부딪치고 있었다. 벽에서 반사된 각성파가 내 몸을 꿰뚫었다. 나는 꿈을 잊고 현실로 눈을 돌렸다.

옆자리 침상에 잠든 시시의 얼굴을 바라보았다. 시시는 입소 동기이다. 시시의 얼굴은 어제와 작년, 10년 전과 다를 바 없었지만 처음 본 사람의 얼굴처럼 낯설다. 그의 얼굴은 일그러졌다가 몇 초 뒤에는 환하게 피어올랐다. 잠들었다기보다는 다양한 표정들에 잠식당한 것처럼 보였다. 웃는 표정과 화내는 표정, 우는 표정, 의아한 표정, 견딜 수 없는 표정, 끔찍한 일을 당한 표정, 안도하는 표정과 기쁨에 찬 표정들이 빠르게 변화하며 뒤섞였다. 감정파가 시시의 심리 상태를 재정렬하고 있는 중이었다.

나는 침상이 놓인 쪽의 벽을 바라보았다. 어쩌면 꿈속에서와 같은 구멍을 발견할 수 있지 않을까 해서였다. 하지만 전파가 닿았다가 순식간에 또 사라질 뿐, 표면에는 어떤 구멍도 뚫려 있지 않았다. 나는 벽에 가만히 손을 대보았다. 그것은 차갑고 딱딱하고 매끄러웠다. 허벅지 위로 힘없이 팔이 떨어졌다. 나는 잠시 멍하니 서 있었다. 내 심리 상태가 감지되었는지 무수한 무감각 전파들이 몸을 찌르기 시작했고, 나는 기절하듯 그 자리에 나동그라졌다.

꿈에서 본 구멍을 어디선가 반드시 찾아내고 말리라 다짐하며 나는 눈을 꼭 감았다. 수면촉진파가 정수리에 와 닿았다. 그 순간 나는 다시 어두컴컴한 잠 속으로 곯아떨어졌다.

다음 날 아침에 일어났을 때 나의 동료 시시는 침상에서 떨어진 채로 발견되었다. 그러나 나는 어제 내가 꾸었던 꿈도, 설핏 깨어서 그의 얼굴을 바라보며 낭만적인 생각에 젖었던 것도 생각해 내지 못했으며 당황한 나머지 어떤 행동도 하지 못했다. 나는 그를 향해 달려가지 못했다. 왜냐하면 그가 너무 기이한 모습으로 떨어져 있었기 때문이다. 다리 한쪽이 바깥쪽을 향해 뻗어 있었다. 마치 원래 하나의 다리를 갖고 있었고—왼쪽이었다— 다른 사람의 오른쪽 다리가 우리가 모르는 잘못된 이유로 그의 골반 쪽에 꽂힌 것처럼 보였다. 나는 곧장 의무실로 뛰어가서 의료진들을 불렀다. 간이침대에 실린 시시가 의무실로 옮겨졌다.

수용소의 모든 상황은 녹화되고 있었으므로 영상을 확인하는 일로 경위를 알 수 있었다. 영상 속 시시는 침대 위로 붕 떠오르고 사지가 번개를 맞은 듯이 떨리다가 바닥으로 내팽개쳐졌다. 침상마다 적절하게 나누어 분포되던 전파가 일시적으로 이상 작동하여 하나의 대상을 향해 모여든 결과였다. 그 순간 나는 지난밤에 잠깐 깨어났던 일을 기억해냈다. 그러고 보니 수면 도중에 깨어나는 일은 여태 없었다. 깨어났다는 것은 수면파로부터 벗어났다는 이야기였다.

영상을 보던 모두가 웅성거리기 시작했다. 그리고 어젯밤에 꾸었던 꿈들에 대해서 떠들어대기 시작했다. 꿈의 내용은 모두 제각각이었지만 확실한 것은 시시가 우리들을 대신하여 전파 세례를 받았다는 사실이었다. 그로 인해 우리들이 이 시스템에서 벗어나 제각기의 순간을 맞았다는 것이었다.

시시는 사흘 뒤에 수면실로 되돌아왔다. 목발을 짚은 채였지만 다행히도 다른 부분에는 별 타격이 없는 듯했다. 머리를 잘라서인지 좀 살이 찐 것처럼도 보였다. 고개를 살짝 오른쪽으로 기울이고 노래인지 혼잣말인지 모를 구절들을 중얼거리고 있었다. 수술을 마치고 오는 길이라고 생각하기에는 이상하리만치 즐거워 보였다. 아마도 흥분제를 과다하게 투여한 모양이었다.

나는 그와 대화를 나누고 싶었다. 그가 왜 그
지경이 되었는지 알려주고 싶었던 것 같다. 나는
그에게 안정파가 아닌 동료가 주는 위로를 전하
고 싶었다.

시시는 전에 다리를 다쳐본 일이 없는지 목발
에 의지해서 걷는 게 영 서툴렀다. 그는 새로운
가구를 들인 사람처럼 한동안 목발을 감상했다.
그리고 목발을 침상 옆에 세웠다가 놓인 모양새
가 맘에 들지 않는지 다시 좀 더 옆으로 위치를
바꿔놓았다.

"기분은 좀 어때?"

"흥분지수 122pp야. 평균 수치에서 5pp 넘어
섰어. 아주 좋아."

"지금 잘 거 아니면 같이 방송이나 볼까? 네 이
야기도 좀 들어보고 싶고."

"글쎄."

그는 고개를 저었다. 수술을 받느라 피곤해서
일찍 자고 싶다고 말했다. 아마도 완치가 될 때까
지는 고통을 느끼지 못하도록 흥분제가 계속 과

다 투여될 것이다. 그는 최상의 기분을 느끼다가 급히 피로해질 것이다.

　나의 신체는 노년을 지나고 있지만 정신은 스물다섯 살에 머물러 있다. 더 정확하게 표현하면 스물다섯 해의 기억이다. 태어나서 열다섯 살까지 어린 시절 지구에서의 기억, 그리고 예순에서 일흔 살까지의 수용소에서의 기억. 어린 시절과 노년기. 어느 날 눈을 뜨니 45년이 지나갔다는 이야기다. 마흔다섯 해의 기억이 말소된 것이다.

　농담처럼 들릴지 모르지만 내가 기억하지 못하는 생이 있다는 것이 나에게 희망을 준다. 내가 지구에서 태어나 화성으로 이주하고, 얼마간의 출입국 생활을 하다가 수용소에 끌려오게 된 것이 내 삶의 전부가 아니라는 것, 그 사이 어딘가에 살아 있었다는 것, 누군가를 만나고 무슨 일인가를 했다는 것 말이다. 짜여진 대로 움직일 수밖에 없는 이곳 제로화 구역의 프로그램 속에서 내게 숨 쉴 틈을 주는 것은 바로 이 기억나지 않는 과거다. 그걸 생각해내면, 어쩌면 이곳에 대해서도 뭔가 알 수 있게 되지 않을까, 하는 기대를 품게 된다.

간혹 스쳐 지나가는 바람처럼 지구에서의 기억이 떠오를 때면 하늘 높이 멀어져 가는 애드벌룬을 바라보는 기분이 든다. 잡을 엄두는 나지 않는다.

어린 시절의 나는 여성이었는데 지금 이곳에서 나는 남성이다. 기억 속에서 나는 지구인이었는데 현실의 나는 화성인이다. 회색 벽과 흰 테이블과 검은 의자, 인조 마당에 펼쳐진 가짜 모래와 자갈, 가짜 식물들에 둘러싸여 있지만 내가 생생히 기억하는 것은 지구의 하늘과 땅과 바다. 푸르고, 환하고, 찬란하게 빛을 내며 숨 쉬고 있던.

그리고 누군가 내게 들려줬던 말……

사람들이 널 어떻게 대하든 간에, 넌 자유롭고 존중받아야 할 인간이야.

나는 이 말이 무엇을 뜻하는지 모른다. 자유가 뭔지 존중이 뭔지 모르지만, 내가 이곳을 벗어나 그것을 되찾아야 한다는 것은 안다. 나는 기필코 그곳으로 돌아갈 것이다. 돌아가서 내가 누려야 할 그것을, 자유와 존중을 되찾을 것이다.

시시는 과다 투여된 진통제로 인해 고통을 느낄 수 없기 때문에 자기가 다친 것을 자각하지 못한다. 그는 자기가 일어나 걸을 수 있다고 생각한다. 그리고 의자에서 엉덩이를 떼어낸 즉시 바닥으로 나뒹군다. 그리고 나선 다시 일어설 생각을 하지 않는다.

"아프지 않아."

시시는 웃으며 그렇게 말했을 뿐이다.

"너는 오른쪽 다리에 골절상을 입었어. 목발을 짚지 않으면 균형을 잡을 능력이 네겐 없다는 걸 기억해."

시시는 고개를 끄덕였다. 반백의 곱슬거리는 머리카락을 귀 뒤로 쓸어 넘기더니 천진한 아이처럼 웃었다. 그는 좀 부끄러워했다. 부끄러울 게 뭐람. 넘어지지 않을 뿐, 자신의 상태를 자각하지 못하는 건 나 역시 시시와 똑같다. 목발에 몸을 의지한 채 수면실로 걸어 들어가는 시시의 뒷모습은 노인으로 보이지 않았다. 그이는 어린아이다! 이곳 수용소의 사람들 대부분은 저런 천진한 뒷모습을 가졌다. 천진함이 여기저기서 들풀처럼 피어난다. 그 지천으로 피어나는 천진함에 우리들은 서서히 지쳐간다.

시시는 골절상 때문에 아침저녁으로 쏘이고 있는 전파 때문인지 이제 전과는 전혀 다른 사람처럼 보였다. 그는 점점 더 무감각해졌고 말수가 줄어들었고 몸을 움직이려고 하지 않았다. 일하는 시간 외에는 꼼짝도 안 하려고 했다. 골절상을 입게 되면서 서서 일할 수 없었기 때문에 부품에 보호액을 입히는 파트로 이전되었고, 우리는 함께하는 시간이 급속도로 줄어들었다.

내가 시시에게 어떤 도움을 줄 수 있는지 알지 못했다. 나는 가끔 그의 옆에서 혼잣말처럼 중얼거릴 뿐이었다. 내가 붙들고 있는 구절, 내가 어린 시절에 들었고 아직 기억하고 있는 유일한 말. 넌 자유롭고 존중받아야 할 인간이야. 그렇게 자꾸 반복한다면 언젠가 이 말을 떠올리는 날이 올지도 모른다는 믿음으로 그를 스쳐 지나갈 때마다 속삭였다.

시시가 우리들과 비슷한 수준의 신체와 감정 상태를 유지하기 위해 맞았던 전파가 도를 넘어섰다. 시시는 오늘 새벽, 세상을 떠났다. 조회 시간에는 그가 조용히 숨을 거두었노라고 발표했지만 그건 사실이 아니었다. 아침에 일어났을 때 시시는 온몸이 뒤틀린 채였고, 조용히 눈감지 않았다. 그는 눈을 부릅뜬 채였다.

시시가 죽은 이후 나는 동료들과 대화다운 대화를 나누지 못했고, 생각은 어지러운 회로를 돌고 돌아 챗바퀴처럼 제자리로 돌아오기 일쑤였다. 정신이 혼미해지면 나는 이번엔 나 자신을 위해 그 말을 들려주었다.

누가 어떻게 대하든 간에, 난 자유롭고 존중받아야 할 인간이야.

시시가 떠난 이후에 수용소의 분위기는 한층

더 활기를 띠었다. 우리들은 계속 시시의 이야기를 했다. 생전에 그가 행복했노라고, 그가 즐거웠노라고, 충분히 이 생을 누렸노라고. 흥에 겨워 노래도 부른다. 나는 입으로 노래를 부르면서 눈으로는 대화를 나눌 상대를 애타게 찾았다.

시시와 줄곧 붙어 다녔다는 이유로 나는 감시 대상 1호였다. 매일 점심을 먹고 난 뒤에 반응행동 테스트를 받아야 했다. 던져지는 질문에 즉각 대답하고 화면에 상황이 연출되면 적절한 다음 행동을 찾는다. 일대일 반응과 소수 그룹에서의 반응, 다수 그룹에서의 반응에서 모두 B+ 이상을 받을 때까지 테스트는 계속되었다. 대답하고 싶지 않으니 꺼져달라고 소리 지르고 싶었지만 그것이 테스트라는 것을 알고 있기 때문에 되도록 공손히, 예의를 갖추어, 되도록 밝고 명랑하게 반응했다. 목소리의 고저에 각별히 신경을 써 감정 기복이 없음을 강조했고, 손이나 다리를 떨고 싶어지면 물건을 들었다가 놓았다.

5일째 테스트에서 나는 폭발했다. 직접적으로 시시와 시시의 죽음에 대한 질문과 반응행동이

던져졌고 나는 화가 났다. 가슴이 뛰고 온몸이 부들부들 떨렸다. 나는 그 빌어먹을 테스트를 통과하는 것을 포기했다. 그동안의 노력이 다 허사로 돌아갈 것을 알면서도 기기를 향해 욕설을 내뱉었다. 점수는 마이너스로 나와 한 달간의 격리와 교육 후 다시 테스트를 받아야 한다는 통지를 받았다.

화면 속의 동료가—동료들의 얼굴을 합성해서 만든 가짜 얼굴이었다— 시시의 죽음에 대해서 어떻게 생각하느냐며 이야기를 좀 나눠보자고 했을 때 나는 주먹으로 화면을 내리쳤다. 나는 그 질문을 전혀 예상하지 못했다. 질문들이 좀 더 우회적이고 비유적일 거라고, 그래서 내가 의식적으로 시시를 염두에 두지 않으면서 마음속에 담고 있는 깊은 곳의 생각을 끄집어낼 수 있을 거라고 예상했다. 하지만 그 귀에 거슬리는 톤의 음성 기계는 시시의 이름을 내뱉었고 그가 죽었다는 사실을 직접적으로 언급해버려서 나를 당황하게 만들었다.

나는 나 자신을 용서하지 못하고 있었다. 시시

에 대한 내 오해를 말이다. 나는 시시가 이곳의 다른 동료들과 마찬가지로 생각 없는 녀석이라고 무시했었다. 시시가 전파의 리듬에 완전히 취해 정신을 잃은 상태라고 단정 지었다. 그가 웃을 때 그 웃음에서 백치를 보았지만 그 역시 내 얼굴에서 같은 것을 보았을 것이라는 점에 대해서는 한 번도 생각해본 일이 없었다.

거대한 소용돌이 데스트 이블이 곳곳에서 건물을 무너뜨리기 시작했다. 수용소 건물도 연무의 접근 구역에 속해 있었다. 다들 스피커 앞에 모여 앉아 피해 구역의 증언들을 보고 들었다. 나는 테스트 기기를 파손한 이후로 6개월간 특수교육을 받으며 분노행동을 하지 못하도록 관리되었다. 마지막 테스트에서는 온순행동지수 93qrp를 기록하며 수용소 인원 중 상위 3퍼센트 이내의 성적을 거두었지만, 전과로 인해 붉은 배지를 달고 있었으므로 내 주변을 얼씬거리는 이는 아무도 없었다.

소용돌이의 접근은 두려운 일이지만 수용소인

들이 바깥세상에 관심을 갖게 되었다는 점에서는
전에 없는 기회이기도 했다. 방송에서 어지간해
서는 외부의 소식을 알리는 일이 없는데, 연무의
영향권에 속한 지역에서는 재난 경고 방송을 하
는 것이 의무였다. 방송에서 지시하는 대로 위급
상황에 대피하는 방법을 훈련했다.

나와 가가는 천장을 담당했다. 10년간 수용소
생활을 하면서 한 번도 천장을 바라본 일이 없었
다. 천장에 출구가 있다는 사실도 처음 알게 되었
다. 통로는 고개만 들면 찾을 수 있었는데 나는
벽만 뚫어져라 바라본 셈이었다.

가가와 나는 매일 잠금장치를 열고 버튼을 작
동시켜 천장을 여는 방법을 시뮬레이션 프로그램
을 통해 익혔다. 너무 심장이 뛰어서 가만히 앉아
있는 게 힘들었다.

"속도를 잘못 조절하면 우리 모두 다 함께 날아
가버리는 겁니다. 정신 차려요."

가가는 나를 계속 힐끗거리면서 주의를 주었
다. 나는 심호흡을 하고, 10년 감금 생활 끝에 발
견하게 된 출구 앞에서 몸을 떨었다. 게다가 손에

는 열쇠가 들려 있었다. 천장을 여는 것은 두 사람의 조종사를 필요로 했고 가가를 설득하는 일만이 남아 있었다. 나는 조종 훈련을 하는 틈틈이 그의 성향을 파악하려고 애썼다.

연무는 점점 더 수용소 가까이로 몰려왔고 훈련은 보름째 계속되었다.

연무 덕에 우리가 깨닫게 된 것은 수용소 밖에 다른 세계가 분명 존재하고, 그로 인해 우리의 생사가 달라질 수도 있다는 것이었다. 그러나 나는 그런 날이 올 때까지 기다릴 생각이 없었다.

"바깥에 뭐가 있는지, 보고 싶지 않아요?"

"그걸 몰라서 물어요? 저 바깥엔 연무가 있어요."

가가에게는 호기심도 상상력도 없는 모양이었다.

내가 대화에 끼지 않는 것을 확인했는지 양옆에 동료들이 앉았다. 나는 내가 다른 사람들과 같은 정도로 흥분되어 있지 않으면 곧 전파가 쏘여질 거라는 걸 예상했다. 관리 시스템에 걸려들지 않게, 나는 높은 톤의 목소리로 천장을 여는 훈련에 대해 떠들면서 테스트를 무사히 통과할 수 있었다.

오른쪽에 앉은 동료는 내가 이런 상황에서 테스트의 단 한 항목만 마이너스 점수를 기록한 정도면 사실 아주 건강한 상태이니 걱정할 것이 전혀 없다고 했다. 왼쪽에 앉은 이는 다정하게 몇 가지 조언을 곁들였다. 마치 천칭 저울과 같이 두 사람은 양쪽 팔의 균형을 맞추어갔다. 그들과 함께 있는 것만으로도 균형 감각이 주는 평화를 느낄 수 있었다. 긴장이 풀린 순간 흥분파가 가슴을 향해 쏘아졌다. 나는 기분이 좋아졌고, 이곳을 왜 내가 그토록 떠나려고 했는지 잊었다.

"근데 말이죠, 천장을 여는 기술을 익히고 있다고 해서 물어보는 건데, 저 밖에는 뭐가 있을까요? 우리들이 사는 이 세계 바깥 말입니다."

"연무요, 바깥엔 연무가 있습니다. 이 세계를 완전히 휩쓸고 갈 위력의 소용돌이요."

나는 천진하고 무지한 얼굴로 동료에게 웃으며 설명했다.

구명보트에 몸을 실었다고 해도 이곳이 심해라는 사실은 변하지 않는다.

시시의 얼굴이 떠올랐다가 사라졌다. 거대하게 타오르는 적색거성이 떠올랐다가 사라졌다.

혼돈에 휩싸인 사람의 얼굴. 그가 세상을 떠난 순간 나는 제대로 동지를 만난 셈이었다. 그리고 시시를 떠올리는 일과 더 먼 과거의 일을 떠올리는 일이 뇌 속의 어떤 비슷한 회로를 건드렸는지 내가 모르던 장면들이 조금씩 되살아나고 있었다.

오른쪽에 앉은 동료가 뜨거운 물에 향료를 넣어 내게 건넸다. 따뜻한 기운이 몸을 데워주었다.

"할 일이 정해져 있다는 게 축복처럼 느껴질 때가 있어요. 우린 연무를 무사히 벗어날 수 있을 겁니다."

그가 주전자의 물을 다시 컵을 채웠다. 향료에 안정제가 들어 있는 모양이었다. 다시 기분이 좋아졌고, 다음 순간 나는 동료의 얼굴을 바라보면

서 소리 내어 웃고 있었다. 하지만 정신 한 가닥
이 자꾸만 그 순간에 몰입하지 못하도록 꿈틀거
렸다.

대부분의 지구인들은 내가 보기에, 불필요한
것을 강렬하게 원하고 있었고 결국은 그걸 갖게
되었습니다. 그들은 의지가 매우 강하고, 그 점에
서는 우리 화성인들보다 뛰어났어요. 하지만 자
기가 뭘 원해야 하는지를 모르고 있는 것 같았어
요. 사고는 복잡했지만 단순한 진리들에는 취약
했고 심지어 그것들을 무시하고 있었습니다. 행
복해질 수 있는 가까운 길을 놔둔 채 아주 멀리,
마치 일부러 그것에 도착하고 싶지 않은 것처럼
우회하고 있었습니다. 제로화된 화성인들에게 지
구인들의 기억이 어떤 영향을 미칠지는 완전히
검증되지 않았어요. 통제를 풀어서는 안 됩니다.

동료가 나를 물끄러미 쳐다보았다.
"당신에게는 전파가 필요해요, 그걸 모르겠어
요?"

나는 그의 손을 잡았다. 손은 크고 두껍고 거칠었다. 눈물이 날 것 같았다. 하지만 나는 미소를 지어 보였다. 점차 기분이 나아지고 있었다. 그가 자꾸 따라주는 음료 탓이라는 것을 알고 있었지만 그걸 받아먹는 걸 멈추지 않았다.

"내가 말하려고 하는 건, 음, 그렇다면 우리에게도 길이 있을 거라는 겁니다. 우리 또한 길을 우회하고 있을 거고, 의외로 가까운 곳에 문이 열려 있을 거라는 생각이 들어요. 그래요, 그게 내가 지금 도달한 지점입니다."

나는 무슨 말을 하는지 모르면서 그렇게 말했다.

한동안 나는 오로지 체력을 늘리는 데에만 온갖 노력을 기울였다. 틈만 나면 바벨을 들고 팔 근육을 단련시켰고 작업복 바지 안쪽에 모래주머니를 달고서 계단을 오르내렸다. 나는 꿈에서처럼 젊지 않았다. 신체 나이는 70이었기 때문에 근육량을 늘리는 것이 쉽지 않았다. 조금만 무리를 해도 무릎 관절이 쑤셨다. 심장에 무리가 와서 죽는 게 아닐까 싶을 정도였다. 하지만 죽는다고 해도, 해보기로 했다.

신체 훈련을 하면서 기억해낸 것이 또 있는데 친밀해 보이는 네 사람이 산의 정상을 오르고 있는 장면이었다. 어떤 남자, 화성에는 가족제도가 없기 때문에 나는 그와의 관계를 설명할 수 없었다. 여하튼 우리는 한집에 살았고 매일 얼굴을 보았다. 내가 기억해낸 그 장면 속에서 나는 그를 꽤 좋아하는 듯 가까이 붙어 있었다. 내가 산에서 미끄러질 뻔했을 때 그는 나를 잡아주고 자신이 대신 미끄러졌다. 그 바람에 옷이 온통 진흙투성이가 되었지만 별로 개의치 않는 것 같았다. 나는 그의 눈빛을 기억한다. 거기에 깃들어 있는 무언가를 기억한다.

기억을 되살려낸 뒤, 수용소 사람들에게 없는 것이 무엇인지 알게 되었다. 그건 기억 속에서 각기 개인이 다른 것을 느낀다는 점이었다. 우리들은 제각기 달리 생겼는데도 같은 것을 느끼고 있었고, 같은 반응을 보였다. 다른 반응을 보이는 것은 오류였고, 감시와 치료의 대상이었다.

"피곤해서 오늘은 먼저 눕고 싶어요."

모두들 담소 테이블에서 일어나면서 나는 시시가 언젠가 이 말을 내게 했다는 것을 떠올렸다. 별로 좋지 않은 징조 같았다. 넘어질 뻔했다가 또 어떤 말이 떠올라 몸을 바로 세웠다.

사람들이 널 어떻게 대하든 간에, 넌 자유롭고 존중받아야 할 인간이야.

여전히 그 말이 무슨 뜻인지 몰랐는데도 눈물이 났다. 그게 뭔지 모르지만 내가 그것을 찾아내야 한다는 것, 찾기 위해 지금 이렇게 고군분투하고 있다는 것을 알 것 같았다. 그 말은 다른 이가 아니라 내게 전해진 것이었다. 나는 가슴속에서 꿈틀거리는 뜨거운 기운을 느꼈다.

어린 소녀에게 말하는 어른의 목소리가 아니라, 어떤 젊은이가 노인—지금의 나, 반다—에게, 한때 자신의 측근이었지만 이제는 관계가 없어져버린 이 늙은이에게 해주는 말로 들렸던 것이다.

딱딱하게 굳어 있던 온몸의 긴장이 얼음 녹듯이 조금씩 녹아내리면서 부드러워지는 것을 느꼈다. 그날 밤에 남자의 꿈을 꾸었다.

"우린 저걸 풍경으로 인식해서는 안 돼. 이건 사건이야. 의미가 발생하고 있는 순간이야."

"어떤 의미가 발생하고 있나요?"

여자아이인 내가 물었다.

"지구가 태양계에서 벗어난다는 거지. 그건 우리 모두, 얼어붙은 채 우주를 떠돌아다니게 된다는 뜻이야, 니키. 이제 시간이 얼마 안 남았어."

나는 고개를 끄덕였다. 고개를 들어, 점점 더 크게 부풀어 오르는 적색거성을 바라보았다. 눈앞이 온통 붉었다. 마치 하늘에 불이 붙은 듯이 하나의 거대한 구 덩어리가 떠올랐고 난 완전히 압도당해 아무 생각도 할 수 없었다. 아무것도 느낄 수 없었다. 타버릴 것 같아.

나는 눈을 번쩍 떴다.

옆 침대에는 시시가 아니라 가가가 잠들어 있

었다. 전파에 쏘일 때마다 그의 표정이 빠르게 변화했다. 수면파가 내 침상으로는 쏘이지 않고 있었다. 수용소가 미세하게 흔들리고 있었다. 연무의 영향이 시스템에 어떤 균열을 가져오고 있는 모양이었다.

그리고 이제 내 이름을 알게 되었다.

나의 이름은 반다가 아니라 니키였다.

"연무가 잠잠해졌지만 나는 천장을 열 겁니다."

더 이상 망설일 시간이 없었다. 마치 사랑한다는 고백처럼 급작스럽게 내뱉은 말이었다.

가가가 고개를 끄덕였다.

"우리 둘의 생각이 같네요."

가가와 나는 조종실로 달려갔다. 늘 그랬듯이 나는 왼쪽의 푸른 의자에, 가가는 오른쪽의 붉은 의자에 앉았다.

"잠금장치 풀립니다."

"잠금장치 풀었습니다."

"천장 설치 기구 오픈합니다."

"천장 설치 기구 오픈했습니다."

천장이 열리면서 붉은 하늘이 서서히 시야에 들어오기 시작했다. 방송에서는 연무 활동 지역을 완전히 벗어났다고 했지만 아직 여파가 있는 모양이었다. 그래도 우리가 휩쓸려 갈 정도의 기세는 아니었다.

늘 시뮬레이션으로만 연습했기 때문에 그도 나도 너무 긴장해서 딱딱하게 굳어 있었다. 가가는 다리에 쥐가 났다.

"제기랄."

나는 가가의 다리를 주무르면서 뛸 수 있는지 물었다. 거리가 멀지는 않으니까, 그다음 일은 일단 나간 뒤에 생각해보자고 했다. 가가는 발가락을 주물럭거리더니 괜찮아졌다고 했다.

"이렇게 떠나게 될 줄은 몰랐는데."

"뭐 두고 나온 것 없나?"

나는 눈물이 났다.

"당신이 먼저 가요."

"난 원래 거절하는 성격이 아니니까."

가가가 앞서 달리고 또 내가 그를 뒤따랐다. 그가 출구를 통과하자마자 경보음이 울리기 시작했

다. 건물에 일시에 불이 켜졌고, 웅성거리는 소리
와 함께 사람들의 발걸음 소리가 떼로 들려왔다.

"내가 생각했던 것보다 수용소가 너무 작아요."
나는 고개를 저었다.

"멀리서 보니 아름답다고 느껴져요."

"내게 수용소 건물은 거대한 하나의 세상이었
으니까요."

가가가 내 어깨를 툭 쳤다.

"이젠 아무것도 아니야. 저 모래 소용돌이가 우
리들의 기록을 다 태워버릴 거요."

그 말은 다행처럼 들리기도 했고, 한편으로는
아주 무서운 말로 들리기도 했다. 타오르는 수용
소 건물 너머로 소용돌이 하나가 피어올랐다. 인
간이 저지른 죄가 도를 넘으면 이렇게 굽어지고
말려 올라가는 소용돌이 바람이 된다는 이야길
들은 적이 있었다. 그건 누가 들려준 이야기였을
까. 어디서 불어온 바람이었을까.

"부탁이 있어요."

"뭐요?"

"이제부터 나를 니키라고 불러줄래요?"

"니키? 그건 여자 이름처럼 들리는데요."

나는 더 이상 묻지 말라는 뜻으로 혜성이 떨어져 내리는 하늘을 올려다봤다. 가가는 잠자코 기다리다가 고개를 끄덕였다.

"좋아요."

나는 그를 바라보았다. 꿈속의 남자가 나를 바라보았던 그 눈빛이 내 눈 속에도 담겨 있기를 희망하면서. 가가가 내 이름을 불렀다.

"니키."

우리 두 사람이 혜성을 바라보며 대화를 나누는 모습은 약간 각색된 채로 화성의 도시 곳곳에 방영되었다. 티브이 속에는 나와 가가, 두 사람이 있었고 둘은 도시를 위협하기 위한 술책을 나누는 것처럼 보였다. 기자는 파란색 정장을 입고 있었고 심각하게 굳은 얼굴로 우리 두 사람을 모욕했다. 10년간의 수용소 생활이 새로 쓰였다. 가가는 매달 모범 수용인 표창을 받았는데 그 사실이 누락되었다는 점에 분개했다. 최근의 문제 행동들—내가 테스트 기기를 내리친 것과 사람들과 대화를 하지 않으려고 하고 자꾸 구석에 몸을 밀어붙이던 시시의 이상행동—에 대해서도 보도했다. 가가는 좀 흥분했다. 하지만 그들이 뭐라고 한들 나는 상관없었다. 문제는 우리 두 사람의 얼굴이 공개되었다는 데 있었다. 이제 우리 둘은 현행범이었다. 그게 우리에게 허락된 새 삶이었다. 어찌 됐건 갇혀 있던 것보다는 나았고 그래서 좀 설레었다.

"기분이 어때요, 가가?"

"이상하게 들릴지 모르겠지만 기뻐요. 다시 태어난 기분이랄까."

또다시 우리 두 사람의 의견이 일치한 순간이었다. 수용소 안과 달리 우리는 다르게 느끼고 생각했다. 그래서 시간이 더 많이 걸리고 에너지 사용량도 높아졌지만 나는 살아 있다고 느꼈다. 삶은 아마 이런 것일 거다. 아마 그렇지 않을까, 싶었다.

기지는 아직 찾지 못했지만 다행히 커다란 송전탑이 비죽이 솟아올라 있는 걸 발견했다. 가가가 먼저 송전탑을 오르기 시작했다. 나도 탑을 향해 손을 뻗었다. 철탑 난간에 발을 얹고 양손으로 계단 손잡이를 붙잡았다. 벽 위에 앉아 있을 때는 작은 소용돌이 정도로 느껴졌던 모래바람이 몸을 감쌌다. 바람이 살갗에 닿을 때마다 피부가 쓰렸다. 뿌옇고 노란 먼지가 눈에 들러붙어 따끔거렸다. 연무가 시야를 가려 얼마를 내려가야 땅에 닿을 수 있을지 가늠이 되지 않았다. 그래도 그 덕에 고소공포증을 느끼지 않는 것 같다며 가가는 성큼성큼 앞서갔다. 나는 그가 그토록 의지에 차 있는 모습을 처음 보았다. 저것이 살아 있다는 것 아닐까, 나는 앞선 가가의 움직이는 사지와 그의 신체 조금 앞쪽에서 그를 이끌고 있는 생의 에너지를 느낄 수 있었다.

"남남서 방향이에요, 니키!"

나는 오른팔로 탑의 돌출 부위를 단단히 걸어 잡고 몸을 돌렸다. 수용소에서만 있었기 때문에 모든 것이 지나치게 자극적으로 느껴졌다. 어지럼증을 느껴 잠시 눈을 깜빡이다가 다시 시야를 돌렸다.

"지금 우는 거요, 니키?"

난 내가 반다인 줄 알았는데 니키였고, 그 앞이 나를 새로운 땅으로 이끌었다. 노란 모래바람으로 화성의 전경은 잘 보이지 않았지만 우리는 희망으로 가득 차 힘차게 발을 내디뎠다. 바람이 끊임없이 시야를 가리고 있었기 때문에 한 치 앞도 제대로 보이지 않았다. 하지만 바닥에 밟히는 적철광 구슬들이 향수를 자극했다.

"이게 얼마 만에 밟아보는 블루베리야?"

가가는 잠시 주저앉아 적철광 구슬을 만지작거렸다.

"어린 시절로 되돌아간 것 같아."

모래 알갱이가 눈에 들어갔는지 가가가 눈을 비볐다. 모래바람이 멈출 때마다 드러나는 전경은 아찔했다. 끝도 없이 펼쳐진 주황빛 모래사장과 협곡, 거대한 칼로 도려낸 듯한 절벽과 메사(꼭대기가 평평한 계단 모양의 언덕)들. 이대로 죽는다고 해도 나쁘지 않을 것 같다고 말하려다가 괜한 소리는 지껄이지 않는 게 좋을 것 같아 입을 다물었다.

"우리 잠깐 쉬어 갑시다."

가가가 바닥에 주저앉았다.

"다리가 아프네. 화가 날 정도로 맞았던 흥분제가 그리울 지경이에요. 아, 이건 물론 농담입니다. 근데 너무 목이 말라요. 뭘 좀 마실 수 있다면 좋겠는데."

나는 주변을 두리번거렸다. 눈앞에 펼쳐진 모든 것에 넋을 잃을 것 같았다. 이곳은 실재했다. 그것들은 좌에서 우로 휩쓸고 지나갔고 아래에서 위로 구불거리며 뻗어 올라갔으며 그러다가 서로 만나고 다시 헤어졌다. 쓸려 갔다가 멈추고 다시 또 나아가고 사라졌다. 가늠할 수 없는 먼 곳을 향해 눈앞에 있는 것을 무너뜨리고 가로지르며 끊임없이 뻗어 나가고 있었다. 너무 감격스러웠다.

"난 목이 마를 겨를도 없이 흥분해 있어요. 하지만 마실 걸 같이 찾아보죠. 우리 둘이 다른 걸 느끼고 생각하고 있다는 사실이 내 침샘을 자극하네요."

가가와 나는 나란히 걷기 시작했다. 처음 만난 세계를 앞에 두고 우리는 마치 사랑하는 사람의 고백을 들은 사람들처럼 부끄러워했다. 둘 다 뭐라고 말도 하지 못하고 어리둥절한 채로 묵묵히 걷다가 울다가 웃다가 또 멀거니 서 있었다.

머리 위로 차가운 먼지 덩어리가 떨어져 내렸다.

"지금 뭐 느낀 거 없어요?"

가가가 물었다.

"정수리에 뭔가 떨어졌어요."

나는 고개를 들어 허공을 바라보았다. 신이 커다란 손으로 얼굴을 감싸듯 부드러운 모래 먼지가 얼굴을 덮었다. 나는 재채기를 몇 번 하고 난 뒤에 화성의 대기를 마음껏 들이마셨다.

"허공에서 먼지 비가 떨어져 내리고 있어요. 여기 하늘 좀 올려다봐요. 저 아름다운 푸른 노을을요. 저걸 마지막으로 언제 보았었는지 기억도 나질 않아요."

푸른 석양은 절대 닿지 않을 듯이 먼 곳으로 스러지고 있었다. 나는 당연히도 지구의 바다를 떠올렸다. 마침내 이렇게 땅에 닿은 것처럼, 언젠가 바다를 되찾는 날이 올 것이다.

순간 한 줄기 바람이 불어와 가가의 머리카락이 날렸다. 머리카락이 허공을 가로지르며 길게 누웠다가 가라앉았다. 그것을 그냥 스쳐 보내지 않고 느끼려는 듯, 가가가 눈을 감았다가 떴다.

행복했다. 이건 흥분과는 다른 평화였다. 이것이 살아 있다는 것일까? 좀 전에 가가의 머리카락을 날린, 가볍고 따듯하고 부드러운 이것, 이 매질을 전에 어디선가 느껴본 적이 있었다. 기억이 났다.

Ⅲ부

도라처럼

메모리 익스체인지사는 사람들에게 다른 사람의 기억을 입력시켜 새로운 삶을 찾게 해주는 희망의 회사다. 도라는 메모리 익스체인지사에서 체인저로 일하고 있다. 도라가 속한 부서는 기억을 바꿔주는 익스체인지 부서. 도라는 사람들의 기억을 바꿔주는 일을 벌써 5년째 하고 있다. 입사 기준이 꽤 까다롭고, 관리도 철저해서 입사한 뒤 성적이 부진하거나 테스트에서 탈락하는 경우도 많아 5년을 버티는 것이 쉬운 일은 아니다. 다행히 도라에게는 성실과 근면이 몸에 배어 있어서 무엇이든 유지하는 일이 그다지 어렵지는 않왔다. 어지간한 일에는 감정적으로 동요하거나 흔들리는 일도 없었다. 도라는 이 일을 천직으로 여기고 있었다.

도라는 일 중독자로, 업무 외에 다른 일에는 거의 신경을 쓰지 않았다. 도라는 메모리 익스체인지라는 작업을 좋아했다. 처음에는 분명히 그랬다. 일단 이 일에 재능이 있었다. 기억들을 검토하고, 서로 교환이 가능한 기억들을 찾아내는— 메모리 매칭— 게 어렵지 않았다. 학교에 다닐 때부터 도라는 한 친구와 다른 친구를 엮어주는 일을 즐겼다. 다소 차갑고 침착한 성격 덕분에 시술 실력도 좋은 편이었다. 결격 사유가 없었다. 문제는 일이 너무 쉬웠다는 데 있었다. 도라는 일하는 시간 외의 다른 시간에 곤혹을 느꼈다. 물건을 사거나 동료들과 대화를 나눌 때, 집과 회사를 오갈 때에는 진땀이 났다. 그래서 점점 더 일에 빠져들고, 그럴수록 일상과 멀어졌다.

시술실은 17층으로, 그곳에서 거리를 내려다볼 때면 마치 저 아래 납작하게 펼쳐진 도시의 경관과, 개미처럼 작게 보이는 인파의 꾸물거리는 움직임과, 아름다운 조형미를 뽐내는 위엄 있는 건물들 모두가 자기에게 속하지 않은 세상처럼 너무 멀게만 느껴졌다. 삶을 실감하지 못하는 것이 도라의 병이었다. 그리고 항상 머릿속에 너무 많은 사람들의 얼굴이 떠오르는 것, 그게 도라를 못 견디게 했다.

5년간 일했을 뿐인데 가끔 50살을 한꺼번에 다 먹어버린 기분이 들었다. 도라는 너무 많은 사람들을 보았어, 라고 가끔 중얼거렸다. 어찌 된 일인지 사람들의 얼굴이, 기억을 매칭한 사람들의 얼굴이 지워지지 않았다. 얼굴들이 끊임없이 머릿속을 맴돌았다. 공포영화의 숏 사이에는 정말로 무서운 그림들이 끼어 들어가 있고, 사실 관객들을 공포 속으로 몰아넣는 것은 그들이 보고 있는 영화가 아니라 인식하지 못한 채 끼어 들어가 있는 그 숏들이라고 큐가 어제 전화로 얘기해줬다. 도라는 공포영화를 좋아하지 않았지만, 자기 삶이 그렇다는 데에 동의했다. 사무실, 시술실, 복도, 대기실 같은 현실의 공간들이 아주 멀리 있는 것처럼 느껴지고 가끔씩 끼어드는, 이름조차 기억나지 않는 사람들의 얼굴이 도라를 현실에 붙들어놓았다. 어쩌면 그 반대인지도 몰랐다. 그 얼굴들이 도라를 현실에서 자꾸만 밀어내는지도 모른다.

기억 교환술을 시행하는 동안에는 잠시 그 얼굴들을 잊을 수 있었지만 시술이 끝나고 나면 그 수많은 사람들의 얼굴이 전광판의 불빛처럼 한순간 떠올랐다가 사라지고 또 다른 사람의 얼굴이 떠올랐다가 사라졌다. 과거에 만난 사람들의 얼굴이라고 믿을 수 없을 만큼 지나치게 선명하게 말이다. 도라는 때때로 자기 앞에 앉아 있는 사람들의 표정을 확인하려고 얼굴을 가까이 가져가야 했다. 당신 정말 거기에 있는 거 맞느냐고, 그렇게 물어보고 싶을 정도였다. 그 증상 때문에 도라는 최근에 이 일을 그만두는 게 어떨지 심각하게 고민했다. 하지만 이제 와서 어떤 다른 일을 할 수 있을까? 도라는 기억 교환을 전공했고 그 외의 다른 일을 해본 적이 없었다. 서른이면 다른 일을 찾기에 늦은 나이는 아니지만 도라는 이 일에 신물이 나는 것과 마찬가지로, 이 일을 하지 않는 자신을 상상할 수도 없었다. 연인인 큐마저 없었다면 도라는 정말 외로운 사람이었을 것이다.

오늘은 시술이 세 건이나 잡혀 있었다. 도라는 소파에서 일어나 옷을 갈아입고 시술실로 들어갔다. 일주일치 기억들을 매치해놓았고 이제는 어떤 기억과 어떤 기억인지도 모른 채 일단 교환부터 했다. 그리고 상충되는 기억들을 제거했다. 메모린은 어린 여자아이였다. 외형으로 보건대 위성 출신인 것 같았다. 제로화인은 마흔의 화성인 여성이었다. 성별이 맞는 경우는 운이 좋은 것이다. 두 사람은 성향이 비교적 비슷했고 기억하고 있는 자극 수치의 최고점과 최저점도 비슷했다. 크게 문제가 생기지는 않을 것이다. 도라는 화성인 여성 쪽이 궁금했다. 제로화를 신청하는 사람치고는 아직 나이가 젊은 축이었고 경제적 능력이 없어 보이지도 않았다.

시술실을 나가는 여성은 편안해 보였다. 도라는 자기가 하는 일을 아주 자랑스럽게 여기지는 않았다. 어떤 일에는 필요한 점과 해악이 되는 점이 있기 마련이니 되도록 장점을 보자고 생각해왔지만 아직 무타 상태에서 그들을 치료할 방법이 개발되지 않았고, 그로 인해 엄청난 책임감에 짓눌렸다.

여성이 도라에게 다가왔다.

"이제 다 끝났나요?"

화성인 여성은 나른하면서도 어딘가 결핍된 목소리로 물었다. 도라는 시술이 끝났음을 알리는 위치 추적과 녹화 칩을 심어주고, 이제 가도 좋다고 말했다.

시술실을 나가던 그녀가 되돌아왔다. 좀 어지럽다고 했다. 도라는 상담실의 소파에서 좀 자고 가도 된다고 말하며 미소를 지었고, 그 미소에 여자가 쉽게 안도하는 것을 보자 잠시 마음이 괴로웠다.

오후에 긴급회의가 잡혔다. 제로화 구역에서 탈주가 일어났는데 두 명 중 한 명의 목적지가 이곳 메모리 익스체인지사인 것으로 확인되었고 한다. 탈주범은 메모리 익스체인지사에서 시술받은 화성인으로 아마 무타 상태가 된 듯했다. 무타는 일종의 충돌 상태로, 제로화인이 전해 받은 기억에 강하게 감정 이입했을 때 나타나는 현상이다. 기억을 전한 자의 성향이 강화되어 본래 자신의 성향과 충돌을 일으킬 때 나타난다. 그 두 성향의 충돌이 거세어지면 제로화인은 사회의 룰을 벗어난 이상행동을 보이게 된다. 체인저들이 두 개의 기억을 바꿀 때 최대한 교환이 원활이 이루어지도록 조정하지만 부작용이 종종 일어난다. 무타가 발생하면 충돌이 생긴 지점의 일부 기억을 제거하여 삭제한다. 그건 여드름을 짜는 것만큼 간단한 시술이다. 문제는 메모린이 수술대에 눕는데 동의하지 않는다는 것에 있다.

도라는 메모린이 되고자 상담하는 이들이나 무타 상태에서 고통받는 이들에게 그렇게 설명해주었지만, 정작 스스로는 그 말을 믿지 않았다. 사라지는 것은 없다. 그 기억들은 어딘가에 있고, 다만 우리가 그것을 찾지 못할 뿐이다. 그리고 어느 날 문득 발이 돌부리에 걸려 넘어지듯이 그 기억을 발견하는 날이 올 것이다.

　오후 상담과 시술을 일시 중단하고 모든 자료
들을 백업시킨 뒤 중앙에 반납하라는 긴급지시가
내려졌다. 오전에 뉴스에서 서쪽의 제로화 구역
에서 일어난 탈주 사건과, 탈주가 다시 일어날 가
능성, 그리고 용의자로 지목된 두 사람의 얼굴을
보았다. 도라는 얼굴이라면 스쳐가듯 보아도 명
확하게 기억할 수 있기 때문에 둘 중 하나가 자기
가 담당한 메모린이라는 것을 한눈에 알아볼 수
있었다. 70대의 노인으로 기억을 팔 때만 해도 청
년 못지않은 건장한 체구였는데 몇 년 사이에 지
방이 많이 빠지고 해쓱한 얼굴이 되어 있었다. 함
께 도주한 인물은 모르는 사람이었다. 도라는 어
깨가 딱딱해지는 것을 느꼈다.

　제로화 구역 사람들. 좋게 말하면 노동 공동체
생활자들이고, 도라가 보기에는 유령의 삶을 사
는 이들이다. 그곳에는 기억을 비워버리고 남은
생을 진척시키지 않기로 한 이들이 모여 있다. 일
반인은 출입이 금지된 지역이었다. 도라는 자기

가 하는 일이 그들에게서 영혼을 빼앗는 일이라고 생각했다. 수용시설은 낙후했고 노동에 대한 대가도 지불되지 않았다. 도라가 시술한 많은 사람들이 호르몬제를 맞으며 죽는 시기를 연장해 가고 있었다. 도라는 이 일을 그만두었어야 했나, 질문했다.

그러나 이 일이 반드시 나쁘다고만은 할 수 없었다. 도라는 방송되고 있지 않은 곳에서 일어나는 일들을 상상했다. 제로화된 화성인들의 기억과 아이디얼 카드 덕에 화성의 거리를 걸어 다니는 수많은 외부 행성 사람들 말이다. 그들은 살해되거나 범죄의 대상이 되거나, 병들고 굶어 죽을 수도 있었다. 그들을 구제한 것은 제로화된 화성인들이다. 그들이 선택한 일에 대해서 도라가 죄책감을 느낄 필요는 없었다.

어떤 사람들이 죽어가고 있고 어떤 사람들은 그 덕에 생존할 수 있게 되었으니, 그게 반드시 나쁜 일만은 아닐 거다. 어차피 그들은 생활능력을 완전히 잃어버렸고 그래서 남은 생을 스스로 책임질 수 없었으니까. 그렇게 스스로에게 설명하면서도 도라는 내부에 도사리고 있던 무언가가 꿈틀거리는 것을 느꼈다.

몇 년 전에도 이런 일이 있었다. 제로화 구역에 거주하던 수백 명의 사람들이 경비망을 뚫고 화성의 거리 곳곳으로 쏟아져 나왔다. 그들은 학교, 상점, 병원 할 것 없이 건물들마다 푸른색 염료를 끼얹었다.

지구로 가고 싶습니다. 간절히요. 이곳에서 우리들은 갇혀 있었고, 갇혀 있다는 것을 느끼지 못하도록 끊임없이 자극되었어요. 차라리 갇혀 있게 내버려두었다면, 답답함을 느낄 수 있게 해주었다면 견딜 수 있었을지도 모릅니다. 적어도 내가 처한 상황을 알 수 있었을 테니까요. 그것으로 만족하고 자조라도 하면서 버틸 수 있었을지도 모릅니다. 하지만 우린 느낄 수도 없었단 말입니다. 그건 정말 끔찍한 상태예요. 난 늘 여러 겹으로 갈라져 있는 느낌을 받았습니다. 벗어나고 싶어 하다가 못 견디게 되면 또 주사실에 끌려가 천국을 맛봤죠.

그건 천국이었어요. 나는 완전히 허공에 뜬 것 같았고 계속 웃음이 나왔습니다. 하지만 내가 고통스럽다는 것을, 또 다른 내가 알고 있었고 그 분열된 감정 사이에서 나는 내가 누군지 모르는 완전한 혼돈에 놓였습니다. 우리 누구도 자신이 느낀 대로 말할 수 없었어요. 그러면 그들이 우리에게 주사를 놓았을 테니까요. 대체 누가 이 시스템을 개발한 겁니까? 누가 그런 생각을 한 거예요?

팀장이 화면을 정지시키고 테이블에 둘러앉은 체인저들을 보았다.

"정부에서는 우리에게 10분의 1의 결정 권한을 넘겼습니다. 저들의 처형에 대해 이 자리에서 논의하고자 여러분들을 모셨습니다."

반다가 메모리 익스체인지사를 향해 오고 있다는 것을 반다를 제외한 모두가 알고 있었다. 사실 화성에서는 언제든지 그를 멈출 수 있었다. 그의 몸에는 이미 칩이 설치되어 있었고 어디서 어떻게 움직이고 어떤 대화를 나누며 무엇을 먹는지 심지어 무슨 꿈을 꾸는지까지 알 수 있었다.

도라는 손을 들어 팀장에게 잠깐 나갔다 오겠다는 제스처를 했다. 팀장이 눈빛을 보내자마자 도라는 복도로 뛰쳐나갔다. 호흡 곤란이 왔다. 진정제를 마시고, 큐에게 전화를 걸었다. 그의 목소리는 도라에게 안정감을 주었다.

반다의 도주 방송을 시청하고 도라는 입맛을 잃어버렸다. 무타 상태인 제로화인은 메모린을 찾아오기 마련이었다. 그녀가 보기에 반다의 짝은 지금 이 테이블에 둘러앉은 사람들 중 하나였다. 그녀 자신일 수도 있었다. 도라는 좀 난감해졌는데 자기가 화성인이 아닐 가능성에 대해 단한 번도 의심해본 일이 없기 때문이다. 상당수의 화성인들이 사실은 다른 행성에서 온 외부인들이라는 것을 알고 있으면서도 그게 자신일 수도 있다는 생각을 해본 적 없었다는 게 놀라웠다.

반다의 도주 방송을 보면서 도라는 웃어야 할지 울어야 할지 알지 못했다. 자신이 자꾸만 반다에게 감정 이입하고 있으며, 그게 위험한 상황이라는 것을 알고 있었다.

눈물이 날 것 같았다. 도라는 자신이 늘 뭔가에 안착하지 못하는 느낌을 받아왔다. 화성의 안정적인 가정에서 태어났으나 부모님이 일찍 돌아가시면서 오빠와 단둘이 지내다가 오빠가 다른 지역으로 취업했을 때 연인인 큐를 만났고, 교육시설에서는 언제나 상위의 성적을 유지했으며 회사에서도 실력을 인정받아 정해진 수순대로 차근차근 단계를 밟아나가면서도 이 세계에 결속되어 있다는, 자기가 이곳에 소속되어 있다는 느낌을 받지 못한 것이다.

"시술을 할 때를 제외하면."

도라는 그렇게 중얼거리면서 한숨을 쉬었다.

기억을 바꾸는 순간, 자신의 모든 감각을 이용해 그 일을 수행하는 동안에만 도라는 자기가 자기 자신이라고 느꼈다. 그래서 결국은 이렇게 일 중독자가 되어버리고 말았다. 너무 많은 사람들의 기억을 너무 많은 사람들의 기억과 바꿔 넣었다. 문득, 큐를 만난 것이 언제였는지 가물가물하다는 사실을 깨달았다.

회의실로 들어가기 전, 도라는 다이어리를 뒤적여 올해 들어 외부인을, 그러니까 기억을 바꾸러 오는 사람—제로화인—들과 기억을 받으러 오는 사람—메모린—들 외에 자신이 다른 이들을 만나지 않았다는 것을 확인했다.

도라는 현실감각을 일깨우기 위해서라도 회의가 끝나는 대로 누군가를 만나야겠다고 생각했다. 마음이 조급해지자 통화 버튼을 누르는 것조차 쉽지 않았다.

떨리는 손가락으로 큐에게 전화를 걸었다. 벨이 세 번 울리기 전에 큐가 전화를 받았다.

"무슨 일이야?"

언제나 변함없는 큐의 목소리였다.

도라는 울먹이며 물었다.

"우리 만날까?"

큐는 당연히 도라가 처한 상황을 알 수 없었고 좀 심드렁한 말투였다.

"언제?"

도라는 감정을 차근차근히 풀어낼 수 없었다. 심호흡을 좀 한 뒤에 침착하게, 그리고 명랑하게, 라고 되뇐 뒤 저녁 식사를 제안했다. 전화기 건너에서는 대답이 없었다. 마치 그쪽에 아무것도 없는 듯했다. 누구도가 아니라 아무것도였다. 큐가 없는 것이 아니라 큐가 있는 세상이 없는 게 아닐까? 도라는 너무 무서워서 심장이 멈춰버릴 것 같았다.

"오늘 저녁은 어때?"

도라는 벽을 문지르면서 물었다. 큐는 오늘 저녁에는 일이 너무 늦게 끝난다고 말했다. 주말이 어떠냐고 묻자 주말에는 워크숍이 있다고 했고, 이번 달 말일에는 가족 행사가 있다고 답했다.

"우리가 마지막으로 만난 게 언제인지 알아?"

도라는 좀 화가 났다.

"2년 전이야, 도라. 그리고 네가 나에게 화를 내는 이유를 나는 모르겠어."

도라는 어지러울 지경이었다.

"난 네 전화를 받는 것만으로도 충분히 내 잘못에 대해 사과하고 있다고 생각해. 나를 자제하고 너를 받아주려 애쓰지만 네가 왜 아직까지도 내게 연락하는지, 어째서 내 새로운 삶을 존중하지 않는지 이제는 의문이 들어. 이봐, 난 가정을 꾸렸어. 아내가 임신했고, 이제 아이 아빠가 될 거라고. 더 이상 네 전화를 받을 수 없다고 몇 번을 설명해야 알아들을 수 있겠어? 기억할 수 있겠어?"

도라는 전화기를 떨어뜨렸다.

그다음에 도라는 오빠에게 전화를 걸었고, 오빠는 도라에게 무슨 일이 있는지 묻고는, 잠시 후에 자기가 전화를 걸겠다고 했다. 고작 5분 정도 기다려야 했는데 그 시간이 너무 끔찍하게 느껴졌다. 그사이에 자신이 다 사라져서 없어져버릴지도 모른다는 불안감에 도라는 다시 누군가에게 전화를 걸려 했는데, 이제 더 이상 전화를 걸 데가 없다는 사실을 알았다. 도라는 다시 오빠에게 전화를 걸었다.

"내가 다시 건다고 했잖아. 너 정말 무슨 일 있는 건 아니지?"

도라는 무슨 일이 있는 건 아니라고 했다. 오빠의 목소리를 듣자, 도라는 다시 안정을 찾았다.

"만나서 할 이야기가 있어."

"너도 알잖아. 여긴 외행성이야. 돌아가려면 아직 2년 남았어. 무슨 일인데 그래, 전화로 하기는 어려운 얘기야?"

도라는 그렇다고 말했다. 오빠가 존재한다는 사실을 확인하고…… 나 또한 살아 있다는 걸, 알고 싶어서.

도라는 큐 얘기를 하려다가 그만두었다. 무슨 이야기인가 해야겠는데, 딱히 생각나는 말이 없었다.

통화를 끝내고 나자, 도라는 문득 저 창밖의 세상이 진짜인가 의문이 들었고 그걸 증명할 방법이 없다는 것과, 자기가 너무 많은 익스체인지를 시술했다는 것, 물론 그건 체인저의 임무이지만 그 일이 자기 자신을 완전히 초과해버렸다고 생각했다.

"잠을 못 잔 건 아니고?"

오빠는 그렇게 물었다. 그건 사실이었다. 도라는 올해 들어 제대로 잠에 빠져들지 못했다.

"잠시라도 눈을 붙이면 괜찮아지지 않겠어?"

도라는 상담실로 가서 휴식용 안대를 하고 소파에 누웠다. 회의실에 들어갈 용기는 도저히 나지 않았다.

화면에서 본 반다의 얼굴이 떠올랐다. 그 얼굴을 지우는 데 시간이 좀 걸렸고 눈앞에 암막이 쳐지자 몸에서 스르르 기운이 빠졌다.

도라는 꿈을 꿨다. 바다가 보이는 나무숲이었
다. 꿈속에서 도라는 남자아이였다. 엄마는 머리
가 짧고 포동포동한 몸매였다. 기분이 좋은지 계
속 노래를 불러줬다. 도라는 모래밭으로 가고 싶
었다. 햇볕에 데워진 바다에 몸을 담그고 싶었다.
위험해, 반다. 엄마가 도라를 안았다. 엄마의 품은
부드러웠고 분유 냄새가 났다. 동생이 태어났기
때문이다.

다시 회의실에 돌아갔을 때 토론은 이미 끝났
고 그들은 거수로 반다의 처형에 대한 결정을 내
렸다. 사형에 찬성 33표, 반대 1표였다. 도라는 이
투표에 참가했다.

투표가 끝난 뒤 회의는 마무리되었다. 도라는
제일 마지막까지 테이블에 앉아 자리를 뜨지 않았
다. 팀장이 도라의 옆자리에 앉았다. 그녀는 도라
의 귀에 대고 나지막한 목소리로 상황을 설명했다.

"반다가 우리 예상보다 빨리 왔어요. 벌써 회
사 근처고 아마 10분 후면 우리 앞에 나타날 거예
요."

"그자가 나를 찾아온 게 확실하죠?"

팀장은 말없이 고개를 끄덕였다. 도라는 숨을 한 번 들이마셨다가 천천히 내쉬었다.

"준비되었어요."

팀장이 도라의 어깨 위에 가만히 손을 올려놓았다. 손바닥의 온기가 전해지자 도라는 눈물이 날 것 같았다.

"남은 시간 동안 더 많은 기억을 찾아볼게요."

"그자와 당신을 동일시하진 말아요. 당신들은 그저 서로 기억을 바꿔 가졌을 뿐이라는 사실을 잊지 말고 침착히 대응해요."

"네, 팀장님."

"투표 결과에 대해서 조금 실망했어요. 난 만장일치가 나올 거라고 생각했는데."

팀장이 다시 도라의 어깨를 두드리고 회의실을 나갔다. 도라는 시간을 확인하고, 잠시 테이블 위에 이마를 대고 엎드렸다가 마치 이 순간을 기다려왔다는 듯이 일어나 시술실을 향해 걷기 시작했다.

그는 자신이 지구인이라고 생각했고, 고향으로 돌아가고 싶었기 때문에 수용소를 탈출했노라고 했다.

"나를 찾아온 이유는요?"

"내가 당신에게 기억을 팔았으니까."

"솔직히 말씀드리면, 전 이제 사람들의 얼굴을 잘 구분하지 못하게 되었어요. 처음엔 한 사람 한 사람의 얼굴이 너무 또렷이 기억나서 문제였지만, 이젠 누구의 얼굴도 기억 안 나요. 대신에 구분할 수 있게 되었죠. 이렇게 생긴 부류와 저렇게 생긴 부류. 그 안에 그 수백 명을 나누어 담을 수 있게 되었다고 할까요. 당신과 비슷한 그룹의 사람들을 물론 알고 있죠. 하지만 난 당신을 알진 못해요. 제가 뭘 도와줄 수 있을지 사실 저도 잘 모르겠어요."

도라는 솔직해지려고 노력했다. 하지만 노력할수록 자신도 잘 모르겠다는 생각이 들 뿐이었다. 솔직해지려고 하는 순간 모든 게 알 수 없어지고 말았다.

"당신이 우리한테 넘긴 기억은 물론 내 머릿속

에 들어 있어요. 난 그걸 내 인생이라고 붙들고 살아가고 있고요. 그걸 찾을 순 없습니다. 기억을 되돌려 받을 수도 없고, 이후 일어나는 일에 대해서 회사는 아무 책임도 없다는 내용을 확인하실 수 있을 겁니다."

도라는 서류를 쥐여주고 노인을 쫓아낼 수도 있었다. 하지만 그렇게 하고 싶지 않았다. 되도록 친절하게 대해주고 싶었다. 만약에 가능하다면 도라는 그에게 따뜻함이란 걸 주고 싶었다. 그건 자기 자신이 필요로 하는 것이기도 했다. 도라는 팀장의 손바닥을 떠올리면서 노인의 얼굴을 바라보았다.

말라버린 피부와 며칠째 먹지 못해 앙상해진 노인의 몸, 그러나 자기가 누구인지 알고 싶다는 의지는 아무도 꺾지 못할 위력을 갖고 있었다. 도라는 창밖을 흘끗 내려다보았다. 노인은 도라의 얼굴에서 시선을 떼지 않았다. 도라는 팀장에게 허락받지 않은 일을, 회사에 입사해서 한 번도 어겨본 적이 없는 룰을 넘어섰다. 자신이 위험해지고 있다는 것, 노인에게 지나치게 감정 이입해서는 안 된다는 것을 알고 있었지만 그게 메모린으로서 제로화인에게 해줄 수 있는 최선의 우정이라고 여겼다.

"당신에게 허락된 시간은 30분이에요. 이제 당신은 사살될 거예요."

노인은 곧 점심시간이 끝난다는 이야기를 들은 사람처럼 어깨를 으쓱했다.

"그 시간을 나와 보내겠어요? 난 당신의 제안을 저 건물 밖에 깔린 경찰들에게 제시하고 협상을 해줄 수도 있어요. 난 가치가 비슷하다고 여기는 어떤 두 가지 요소를 교환하는 데는 선수니까. 당신이 나와 이야기해서 더 나아질 것은 없어요. 난 메모린일 뿐이에요. 그저 당신의 기억이 저장된 자라고요. 내가 당신을 창조한 것도 아니고, 기억을 보관하고 있는 것도 아니에요. 대부분은 잊었어요. 작년 일도 잘 기억 못 하는 처지가 됐다고요. 10년 전에 당신이 이곳을 찾아왔고, 또 내가 찾아왔고, 우리 둘의 기억이 충돌을 일으키지 않으리라고 판단해서 교환된 것뿐입니다. 내가 알고 있는 것, 말해줄 수 있는 건 여기까지예요."

노인이 시계를 보았다. 그는 좀 불안해 보였다.

도라는 따뜻한 물에 진정 성분이 든 캡슐을 풀었다.

"긴장을 가라앉혀줄 겁니다."

노인은 소리를 내면서 차를 마셨다. 뜨거운 물을 삼킬 때마다 얼어붙은 몸에서 가느다란 신음 소리가 들려왔다.

"당신과 이야기를 좀 하고 싶어요."

"이야기요?"

"네. 그러니까, 난 당신이 내 이야기를 들어주었으면 합니다."

도라는 노인이 뭔가 먹고 싶다거나 어딘가를 가보고 싶다거나 누구를 보고 싶다거나 그런 종류의 바람을 말할 줄 알았다. 그런데 그는 이야기를 들려주고 싶다고 했다.

"이유를 물어봐도 되겠습니까?"

반다는 착한 아이처럼, 기억을 받아 간 선한 어떤 아이가 된 듯이 밝은 얼굴로 천천히 고개를 끄덕였다.

"만약에 이 건물을 나가면서 내 인생이 끝난다

면……."

"아닐 수도 있어요."

도라는 자기가 그렇게 거짓말을 잘할 수 있다는 사실에 스스로 놀랐다.

"내 기억을, 그러니까 내 기억을 가져간 다른 이에게 그가 내게 넘겨주었던 기억을 돌려주고 싶어요. 그걸 그에게 주고 싶습니다. 난 그자가 내 기억을 가지고 자신을 잊은 채 살기를 바라지 않아요. 내가 가지고 있는 당신 기억을 당신에게 주고 싶어요."

도라는 대답하지 않았다. 자기가 그걸 원하는지조차 잘 알 수 없었다.

"그냥 듣기만 해요."

이야기가 끝났을 때 도라의 눈에서는 눈물이 흘러내리기 시작했다. 눈물이 흘러 흐린 눈을 맑게 씻어주었다. 도라는 이야기를 듣기 전보다 훨씬 침착해져 있었다. 노인도 마찬가지였다. 그는 지혜를 얻은 사람처럼 평화로워 보였다.

"내 이름이 뭐라고요?"

도라가 물었다.

"니키."

노인이 말했다.

생전 처음 보는 노인의 입에서 그 이름을 들었을 때 도라는 머리가 맑아졌다. 떠다니는 얼굴들로 어지러웠던 머릿속이 한순간 말끔해졌다.

"맞죠?"

노인이 도라의 손을 잡았다.

"그게 당신 이름이 맞지 않습니까?"

도라는 고개를 끄덕였다. 힘을 낼 때가 지금이라는 걸 알았다.

"내가 니키군요."

"당신은 화성인이 아닙니다. 지구에서 왔습니다."

도라는 고개를 끄덕였다.

"당신이 말한 건 모두 내 기억이 맞아요. 알겠어요. 이제 알겠어요. 당신이 나를 찾아와준 것에 감사해요."

도라는 시계를 봤다. 디지털시계의 초침이 지나치게 빠르다는 생각을 하면서. 누가 그 단위까지 시간을 나누었을까 생각하면서. 또 노인이 그 토록 지구로 돌아가고 싶었던 것, 그것이 자신의 소망임을 깨달으면서. 이 모든 혼란이 어떻게 일어난 것인지 전혀 알지도 못한 채 그 혼란 속에 휩쓸리면서도 정신을 차려보려고 노력했다.

그들에게 남은 시간은 고작 5분이었다.

"정말, 하고 싶은 것 없어요?"

노인은 이제 태어난 듯한 말끔한 얼굴로 도라를 바라보며 말했다.

"이제 내 기억을 들려주기 바랍니다."

그가 도라를 안심시키듯 부드럽게 미소 지었다.

"그냥 당신 이야기를 하면 돼요."

반다는 만족스러운 얼굴로 찬찬히 고개를 끄덕였다. 도라의 이야기는, 대부분의 화성인들이 경험하는 아주 평범한 이야기였다. 어린 시절의 고통과 학창 시절의 추억, 입사하기 위해서 노력했던 것들과 가끔 나 자신에게 선물했던 외지의 아름다운 풍경 같은 것들. 노인은 아주 감동적인 영화를 보는 사람처럼 도라의 이야기에 감정 이입했다. 그리고 만족스러운 얼굴로 조용히 방을 나갔다.

도라가 늘 갇혀 있다고 느꼈던 그 방을 애정 어린 표정으로 둘러보더니 한 걸음 한 걸음을 소중히 디디며 마침내 문을 열고, 망설임도 없이, 한 번 뒤돌아 웃어주지도 않은 채 나가버렸다.

그가 나가고 도라는 잠시 반다가 자신이라고 느꼈다. 건물을 에워싼 경비원들, 저들이 찾고 있는 것은 나다. 저기 걸어가는, 지구로 돌아가려던 저 노인이 나다. 동일시하지 마요, 팀장의 말을 붙들면서 도라는 의자에 좀 더 깊숙이 자신을 밀어 넣었다.

도라는 중계방송을 틀었다. 반다가 조금씩 도라에게서 멀어지고 있었다. 그가 멀어질 때마다 도라는 조금씩 더 비워져가는 듯했다. 도라는 노인에게 처방했던 진정제를 차에 넣고 삼켰다.

5분만 지나면 약효가 있을 거라는 단순한 진리에 의지하면서 도라는 좀 전의 노인처럼, 감기약을 받아먹는 아이처럼 온순하게 받아 들고 홀짝였다.

머릿속이 핑 돌았다.

　도라는 그처럼 어리석은 행동을 그 전에도 그 이후에도 본 일이 없었다. 건물은 완전히 포위되었고, 둘러싸고 있는 인원은 100여 명이나 되었다. 그들의 손에는 버튼을 누르면 생명을 앗아 가기에 충분한 무기가 들려 있었고 돌발 행동을 할 경우에는 발포한다는 경고를 수십 차례 했는데도.
　그는 달렸다.
　몇 걸음 뛰어가지 못한 채 그 자리에서 쓰러졌다. 도라는 납작한 개구리처럼 바닥에 쓰러진 반다의 뒷모습을 멍하니 보았다. 그리고 자신의 죽음을 본 사람처럼 조용히 입을 벌렸다.
　노인의 시체 주변에 붉은 줄이 둘렸고 접근 금지 방송이 흘렀다. 도라는 컵에 반쯤 남은 차를 마시고 저 노인에게 일어난 일과 자신에게 일어난 일이 뭔지 알고자 애써보았다. 그들은 기억을 바꿔 가졌고, 그리고 여전히 서로의 기억 또한 가지고 있으며, 둘 중 하나가 삶을 마쳤다.
　도라는 두 사람의 기억을 가진 채 살아남았다.

지구로 돌아가고 싶어 했던 자신의 강렬한 소망이 노인을 죽음으로 이끌고 간 걸까 스스로에게 묻다가 자기가 늘 가학적으로 스스로를 몰고 가는 경향이 있음을 떠올렸다. 그리고 그렇게까지 생각하지 않기로 했다. 그 성향이라는 건 어쩌면 반다의 성향이 아닐까 생각하다가 고개를 흔들었다. 노인이 그런 선택을 한 데에는 자기가 모르는 어떤 이유가 있을 것이라고 생각해보았다. 그건 좀 위안이 되었다. 그 이유를 모른다는 게 안심이 되었다. 잠시 시간이 지나자 다시 두려워졌다. 그녀는 알 수 없는 죄책감에 몸을 웅크렸다.

두 시에는 서른 살의 청년과 스물세 살 청년의 매칭이 성사됐고, 당사자들의 확인을 받고 나서 바로 시술이 이루어졌다. 성별이 같고 나이 차가 적은 편이어서 무타가 일어날 확률이 적었다. 안심이 되었다. 반다 사건 이후로 도라는 일에 좀처럼 집중할 수 없었다. 매칭에서도 자신감이 떨어졌고 시술 시간도 전보다 12퍼센트 더 오래 걸렸다. 시술표에서 도라의 이름은 점점 하단으로 떨어졌다.

한 건의 시술이 끝나고 팀장이 도라를 호출했
다. 팀장은 다른 날보다 다정했는데 그게 도라를
더 불안하게 만들었다.

팀장은 방금 전 메모리 매칭에 문제가 있다고
말했다. 무타가 일어날 확률이 43퍼센트라고 했
다.

"40퍼센트가 넘으면 시술을 하지 않도록 되어
있어요. 규정을 모를 리가 없고."

도라는 왜 자기가 그 두 사람을 매칭했는지에
대해서 팀장에게 설명할 수 없었다.

"주의하겠습니다."

도라는 메모리 익스체인지가 옳은 일인지 모르
겠다는 말은 하지 못했다.

팀장은 도라를 나무라지 않았다. 그녀는 현명
했고 너그러운 성격이었다. 그럴 수 있다고 도라
를 위로했다. 솔리데이(휴가)를 신청하고 당분간
쉬는 게 어떠냐고 물었다.

솔리데이라는 말에 도라는 어리둥절해졌다. 도
라는 체인저가 아닌 자신을 좀처럼 상상할 수 없

었다. 다른 사람들이 홀리데이 기간에 무얼 하는지 몰랐고, 자기가 매칭이나 시술 말고 다른 무엇을 한다는 건 더더욱 상상하기 어려웠다.

도라는 조퇴원을 내고 일찍 퇴근했다. 집 안은 잘 정리되어 있었다. 아무도 살지 않는 장소처럼 보일 정도로 깔끔했다. 만일 어느 날 도라가 그 집에 돌아오지 않는다면 그게 그리 이상하게 느껴지지 않을 것이다.

침대 위의 이불이 약간 흐트러져 있다는 게 마음에 들었다. 그래서 도라는 이불의 모서리 부분을 밀어서 조금 더 구겨진 모양새를 만들었다.

그다음에는 옷장을 열었다. 열댓 벌의 옷들이 행거에 걸려 있었다. 큐에게 선물 받은 것이 두 벌,─그녀가 선물 받은 옷을 입지 않자 그도 더 이상 옷을 선물하지 않았다─ 나머지는 세일 기간에 스스로 구입한 것들이다. 그러나 모두 한 번도 입지 않았다. 그녀는 지금 입고 있는 옷, 푸른 계열의 셔츠에 짙은 남색 정장만 입었다. 메모리 익스체인지사의 신입사원이었을 때, 동료들은 그녀의 단벌에 대해서 농담을 많이 했지만 이제는 의아하게 여기지도 않는다. 오히려 도라가 다른 옷을 입고 나타난다면 무슨 일이 있는 거 아닌가? 하고 물어올 것이다.

도라는 옷장 벽에 걸린 거울에 비친 자기 얼굴을 보았다. 그 얼굴은 낯설었고 타인의 얼굴처럼 보였다. 도라는 고개를 들 수 없었다. 자꾸 시선이 아래로 떨어졌다. 그녀는 몇 번이고 다시 고개를 올려 세우며 제 얼굴을 마주 보려는 노력을 재차 반복한 끝에 얼굴을 보는 데 성공했다. 3초 정도 버틴 후에 도라는 마치 마라톤의 피니시 라인을 통과한 사람처럼 만족스러운 미소를 지었다.

큐가 선물한 검정 드레스를 입었다가 아무래도 자기랑은 어울리지 않는 것 같아서 벗었다. 그다음에는 평소에 괜찮다고 생각했던 정장 브랜드의 흰색 투피스를 입었다가 다시 벗었다. 두 벌을 옷걸이에 걸어 옷장에 넣어두고, 그녀는 다시 유니폼—동료들이 그녀의 옷을 그렇게 불렀다—을 입었다. 평상시와 같이 푸른 계열 셔츠에 짙은 남색 정장을 입고 머리카락을 하나로 모아 뒤통수에 묶었다.

냉장고에서 단백질 크림을 세 덩이 떠서 허기를 채운 뒤 도라는 거실로 갔다. 소파에 단정히 앉아 방송을 틀었다.

가가는 몇 달 전 인터뷰 때보다 오히려 젊어 보였다. 화성의 거리보다 감옥이 그에게 더 안전한 듯 보였다. 가가는 침착했고 그래도 두 눈빛만은 빛나고 있었다. 저자가 반다와 함께 도주한 인물이라고 했지. 그는 애초에 계획적으로 천장을 열려고 했던 것이 아니며 연무의 공격 때문에 훈련을 지시받았다고 했다. 충동적으로 그런 일을 저지른 것은 아니고 평상시와 기분이 다르지 않았으며 반다가 먼저 제안했다고 했다. 조금 멈칫거리더니, 그게 제안은 아니었고 선전포고와 같았다고 정정했다. 그는 자신을 설득하지도, 함께하자고 꼬드기지도 않았다는 것이다. 반다가 천장을 열 거라고 말했고 자신도 그 순간 그 생각을 하고 있었다고 했다. 그런 일은 수용소에서 계속 일어났다고 가가는 말했다. 그게 어떤 일이지요? 변호사가 물었다. 수용인들이 같은 생각을 하고 같은 것을 느끼는 일요. 우리는 계속 그런 상태였습니다. 가가가 대답했다.

가가는 다시 천장의 잠금장치를 풀면서 둘이 나누었던 대화를 재현했다. 수용소에서 벗어나자 반다는 자신을 니키라고 불러달라고 말했어요. 니키요? 다시 변호사가 물었다. 가가가 고개를 끄덕였다. 네. 그는 자신이 지구에서 온 어린아이라고 생각했고 지구로 돌아가고 싶어 했어요. 아주 간절히 그걸 원하는 것 같았습니다. 니키라고, 그렇게 불러달라고 했어요. 그리고 그렇게 불러주면 반다는 행복해 했어요. 나는 되도록 자주 그 이름을 불렀습니다.

가가는 판관과 청중이 지루해할 정도로 매 상황을 자세하게 설명했다. 도라는 왜 그가 그토록 정직하려고 하는지, 불필요할 정도로 자세하게 설명하는지, 그러니까 자기가 아는 사실을 그대로 끄집어내려고 하는지 알 것 같았다. 그가 수용소에서 보낸 10년의 시간 동안 그를 그 자신으로 지탱해주었던 것이 무엇인지 도라는 알 것 같았다.

도라의 얼굴이 뜨거워졌다. 화면에서 아무도

이해하지 못하는 무언가를 해내려고 애쓰고 있는 저이와 마찬가지였다. 도라도 다른 방식으로 같은 걸 하는 중이었다.

도라는 늘 자기가 누군지, 그걸 알 수 없었다. 옷장 안에 많은 옷들이 있었지만 매일 똑같은 옷을 입었고, 집에서 방송을 시청하고 있는 지금 이 순간도 사무실에서와 똑같은 정서를 유지하며 비슷한 자세로 움직였다. 팀장은 반다가 찾아왔던 일로 인해 일시적으로 혼란을 겪을 수 있다고 위로했지만 그렇지 않았다. 그 이전부터였다.

도라는 자기가 누군지 알 수 없었다. 아니면 도라가 누군지를 알 수 없었다. 그래서 늘 경직되어 있었다. 어떻게 말하고 행동해야 하는지 몰랐으니까. 도라는 시술 이외의 모든 일에 집중할 수 없었고 도라처럼 말하고 도라처럼 행동하고 반응하고 싶었지만 늘 혼란스러웠다.

반다는 기억을 들려준 이후에, 자신이 누군지 알게 되었을까?

도라는 가가가 최선을 다해 상황을 설명하는 것을 응원하는 심정으로 끝까지 지켜보았다. 그리고 판관이 선고를 마치기 전에 방송을 껐다.

에일리언 캠프alien camp의 지구인들

이지은

최정화의 『메모리 익스체인지』는 '기억 교환'을 통해 화성인이 된 니키의 이야기다. 그녀의 가족은 황폐해진 지구를 떠나 화성에 도착했다. 그러나 '아이디얼 카드'가 없는 그들은 출입국 밖으로 한 발자국도 나갈 수 없었다. 애초 "화성이 지구인들에게 입국을 허가해준 것은 지구인들만큼 싼 값에 노동을 제공하는 종족이 드물기 때문"(9쪽)이었다. 화성인들은 '헐값'에 들여온 지구인들에게 생명체에 대한 최소한의 존중도 보이지 않았다. "그들은 우리가 옆에 서 있거나 지나가는 것조차 거슬려 했다. 단지 곁을 지나갔다는 이유만으로, 욕설이나 폭행을 당하지 않으면 다행이었다."(10쪽) 150여 명의 지구인들은 어깨를 맞대고 모로 붙어 누워도 다리를 펼 수 없는 공간에 구겨 넣어졌고, "방장은 지구인에, 여성에, 미성년은 이곳 화성에서 범죄를 당하기 가장 쉬운 대상이니 조심해야 한다고 단단히 일렀다"(13쪽).

아이디얼 카드가 없는 지구인은 기본권을 박탈당하고 차별과 혐오에 무방비로 노출된다. 지구인은 오직 '(값싼) 노동력'으로 사용될 수 있을 때에만 받아들여진다. 이제 '지구인'의 자리에 좀 더 구체적인 이름을 적어보자. 이를테면, 시리아, 아프가니스탄, 남수단, 로힝야, 이집트, 팔레스타인, 예멘, 북한…… 전쟁·기아·탄압 등으로 살던 곳을 떠난 이들은 난민이 되어 이웃 나라의 입국 허가를 기다렸지만 많은 경우 추방되었고 일부는 난민 캠프에 수용되어 사람들의 시야에서 사라졌다. 이는 우리가 살고 있는 지구에서 벌어지고 있는 일이다. 그러니 『메모리 익스체인지』는 화성에 도착한 지구 출신 외계인alien에 관한 SF이자, 지금 여기 지구 전역의 출입국에 존재하는 외국인/이방인에 관한 이야기다.

　가족과 친구를 모두 잃고 수용소에서 외롭게 버티던 니키는 결국 화성인이 되기로 결심한다. '화성인 되기'란 니키처럼 신분증명서를 발급받지 못한 이주민이 경제 사정이 어려운 화성인의 아이디얼 카드를 사는 것이다. 이는 단순히 신분증 거래가 아니라 화성인과 이주민 간의 기억 자체를 교환—'메모리 익스체인지'—하는 일이다. 니키는 화성인 반다와 기억을 교환하고 화성 사회로 진입한다. 이주민의 기억을 받은 화성인은 (자신이 이주민이라 믿으며) 수용소에서 감시와 통제 아래 남은 삶을 마감하고, 화성인의 기억을 가진 이주민은 (자신이 화성인이라 믿으며) 화성 사회에 편입할 수 있게 된다. 이러한 프로세스를 통해 화성은 화성인(이라 믿는 사람)들로만 이루어진 사회가 된다. 이 균질한 사회에서 화성인들은 "자기가 화성인이 아닐 가능성에 대해 단 한 번도 의심해본 일이 없"다. "상당수의 화성인들이 사실은 다른 행성에서 온 외부인들이라는 것을 알고 있으면서도 그게 자신일 수도 있다는 생각을 해본 일이 없"(93쪽)기 때문이다. '화성인 / 이주민'의 구획은 (인)종의 문제가 아니라 '화성인의 화성'을 유지할 수 있는 '적합성'과 '쓸모'에 있으며, 이때 '동질성'이란 타자를 배제하면서 만들어지는 '믿음'에 불과한 것이다.

다시 한 번 소설을 지구의 현실 위로 끌어당겨 읽어보자. 우리는 난민을 어떻게 상상하는가? 국경 바깥으로부터 구명보트를 타고 밀려오는 이방인들, 비좁은 땅을 나누어 가지려는 침입자, 국민의 부양 부담을 가중시키는 초대받지 못한 자로 상상하고 있지 않은가? 이와 같은 이미지들 속엔 '우리'의 '확고하고 고정된' 위치가 전제되어 있다. '국민'이라는 것이 그렇게 균질적인 사람들의 집합일까? 부랑자, 홈리스, 무직자, 노인, 아이, 성소수자, 장애인…… 허용된 공간에만 존재할 수 있는 사람들, 또는 금지된 공간에는 존재할 수 없는 사람들은 국민인가 아닌가? 기실 '내부 / 외부'의 실질적 분리는 '정상성'과 경제적 능력에서 비롯되고 있고, 우리는 타자를 배제함으로써 균질적인 '국민'이라는 허상을 만들어낸다. 그러나 세계는 더 이상 우리에게 이 기준으로부터 탈락하지 않으리라는 확신을 주지 않는다. 그럼에도 우리는 화성인들처럼 좀체 자기가 내부인이 아닐 가능성에 대해 의심하지 않는다. 스스로를 의심하는 것보다 국가·인종·종교·성별·신체 등으로 가시화되는 '내부 / 외부'의 경계를 믿는 것이 훨씬 쉬운 일이기 때문이다.

지그문트 바우만은 조지 오웰의 '빅브라더'를 원용해 다음과 같이 기술한 바 있다.

옛날의 빅브라더는 **포함**—사람들을 대열에 정렬시키고 그곳에서 벗어나지 않도록 하는 통합—하는 데 열중했다. 오늘날의 새로운 빅브라더의 관심은 **배제**—그들이 있는 자리에 '어울리지 않는' 사람들을 골라내, 거기서 쫓아내면서 '그들에게 어울리는 곳'으로 추방하거나 (더욱 바람직한 것은) 아예 처음부터 근처에도 오지 못하게 하는 것—이다. (『쓰레기가 되는 삶들』, 정일준 옮김, 새물결, 2008, 241쪽)

'옛날 빅브라더'가 사람들을 감시하고 통제하여 권력의 시선 아래 포함한다면, '새로운 빅브라더'는 덜 적합하고, 덜 영리한 '자투리' 인간들을 골라내 사회 밖으로 배제한다. 이어지는 서술에서 바우만은 '옛날 빅브라더'가 아직 살아 있고 이전 어느 때보다 더 큰 능력을 갖추고 있음을 강조한다. 다만 '옛날 빅브라더'는 한정된 구역, 즉 도시의 게토, 난민 캠프, 감옥과 같은 주변화된 사회 공간에서 발견된다. '새로운 빅브라더'가 '탈락'된 잉여 인간들을 솎아내면, '옛날 빅브라더'가 그들을 주변화된 공간에 몰아넣고 감시·통제하는 것이다. 빅브라더는 이렇게 우리를 분할하고 통치한다.

『메모리 익스체인지』에서 '탈락'한 화성인을 이주민과 '교환'하고, 이주민의 이질성을 삭제하여, 이들을 '적합한' 화성인으로 만드는 프로세스가 '새로운 빅브라더'의 일이라면, 파산한 화성인에게 이주민의 기억을 심어 수용소에 가두고 감시·통제하는 것이 '옛날 빅브라더'의 역할이다. 반다가 니키에게 기억을 판 뒤 살게 된 수용소의 모습을 살펴보자. 각성파·수면파와 같은 전파를 통해 모든 수감자들은 똑같은 사이클로 움직이도록 통제되고, 고통·기쁨·슬픔 등 사소한 감정마저도 감시의 대상이 된다. 수감자들은 "제각기 달리 생겼는데도 같은 것을 느끼고 있었고, 같은 반응을 보였다. 다른 반응을 보이는 것은 오류였고, 감시와 치료의 대상이었다"(69-70쪽). 그렇다면 반다의 기억을 가지고 화성 사회에 진입한 니키의 삶은 어떨까? 니키는 지구에서의 기억을 지우고 자신을 화성인 '도라'라 믿으며 살고 있다. 그녀는 이주민과 화성인의 기억을 교환하는 '체인저'가 되었다. 니키는 직장에서 우수한 성과를 거두고 있지만, 워커홀릭이 된 그녀의 삶이 행복해 보이지는 않는다. 니키의 연인 큐는 이미 다른 사람과 새로운 가정을 꾸렸으나, 그녀는 그와 헤어졌다는 사실조차 기억하지 못한다. 니키가 자신의 삶을 의심하기 시작했을 때 그녀의 실존을 기억하고 증명해줄 사람은 아무도 없었다.

여기서 강조하여 독해하고 싶은 지점은 반다와 니키의 삶이 그리 다르지 않다는 것이다. 수용소에 갇힌 반다에게 노동의 대가는 단지 '생존'인데, 수용소는 "세계를 완전히 휩쓸고 갈 위력의 소용돌이"(65쪽)로부터 수감자에게 '안전'을 제공한다. 그러나 수용소가 제공하는 안전과 생존이란, 수감자를 위한 것이 아니라 그들을 격리·감금하여 노동력을 착취하기 위함이다. 한편, 워커홀릭이 된 니키는 자신이 사무실에 "늘 갇혀 있다고 느"(108쪽)낀다. 몇 벌의 옷이 있어도 출근할 때 입는 '유니폼'—오직 한 벌만 고집하여 동료들이 유니폼이라 부르게 된 남색 정장—만을 입는다. 그녀에겐 어떤 개인적 삶도 없다. 그녀는 자신의 직업에 가책을 느끼면서도 화성 내부로 받아들여진 이주민들을 생각하며 책임감을 덜어낸다. 그녀의 삶은 화성의 탈락자들을 이주민으로 '교환'하는 '새로운 빅브라더'의 부품처럼 보인다. '타자의 배제'라는 대가를 지불하고 성공적으로 사회에 안착했다고 하더라도 그 삶이 배제된 자들의 삶과 크게 다르지 않은 것이다.

그렇다면 우리의 삶은 어떤가? '빅브라더'에 의해 분리·관리·통제되는 세계에서 내부와 외부,

국민과 이방인의 삶이 근본적으로 다를까? 수용소에 갇힌 반다와 사회에 속해 있는 니키를 완전히 같은 조건에 처해 있는 것으로 치부할 수는 없다. 말하자면, (실질적으로 '구금'시설인) 각종 보호소 바깥으로 한 발자국도 나가지 못하는 사람들과 (언제 밀려날지 모른다 하더라도) 우리 사회 내부에서 살아가는 사람들을 동일한 지평에서 단순 비교를 할 수는 없다는 뜻이다. 그럼에도 불구하고 시스템에 의해 분할되는 '내부인/외부인'이라는 허상을 비판하고, 우리가 처해 있는 공통 조건을 객관적으로 인식할 필요가 있지 않을까? 최정화의 『메모리 익스체인지』가 빛나는 지점은 '내부'라는 균질한 집단이 사실은 시스템의 구획과 기만적인 망각에 의해 만들어진 허상일 뿐임을, 나아가 삶을 포획하는 힘으로부터 벗어나지 못하는 이상 우리가 안과 바깥 어느 쪽에 있든 가치 있는 삶을 영위할 수 없음을 보여준다는 데 있다.

반다는 수용소의 전파 오류 사고를 계기로 그곳을 탈출한다. 그는 수용소 바깥에서 자유를 만

끽하며 비로소 살아 있음을 느낀다. 그리고 반다
는 위험을 무릅쓰고 자신과 기억을 바꾼 니키를
찾아간다. 반다는 생애 마지막 남은 30여 분을 니
키의 기억을 돌려주고 자신의 기억을 돌려받는
데 쓰기로 한 것이다.

"내 기억을, 그러니까 내 기억을 가져간 다른
이에게 그가 내게 넘겨주었던 기억을 돌려주고
싶어요. 그걸 그에게 주고 싶습니다. 난 그자가
내 기억을 가지고 자신을 잊은 채 살기를 바라지
않아요. 내가 가지고 있는 당신 기억을 당신에게
주고 싶어요." (105쪽)

반다는 자신의 기억(=자신에게 이식된 니키
의 기억)을 니키에게 이야기해주고, 니키 역시 자
신의 유년(=니키에게 이식된 반다의 유년)을 반
다에게 들려준다. 과거의 기억을 돌려받은 반다
는 100여 명의 무장 경비원에 포위된 건물을 탈
출하려다 그 자리에서 사살된다. "돌발 행동을 할
경우에는 발포한다는 경고를 수십 차례 했"으나

"그는 달렸다". 그리고 "몇 걸음 뛰어가지 못한 채 그 자리에서 쓰러졌다."(109쪽) 죽음을 무릅쓴 반다의 질주는 몇 걸음 못 가 좌절되었지만, 이는 죽음보다 못한 삶에 대한 완강한 거부이며 자유를 향한 결단이다. 니키는 텔레비전으로 중계되는 반다의 죽음을 보면서, 자신이 죽었다는 생각을 하는 동시에 "두 사람의 기억을 가진 채 살아남았"다는 느낌을 갖게 된다.

소설의 마지막에서 니키는 자기 안의 반다를 발견하는데, 사실 '나'에서 '나-너'로의 확장은 소설 전체의 기획이다. 『메모리 익스체인지』는 총 3장으로 구성되어 있고 각 장은 모두 '나'의 시점으로 서술된다. 그러나 '나'가 누구인가는 각기 다르다. 1장이 화성에 도착한 '나-니키'의 시점으로 서술된다면, 2장은 니키와 기억을 교환하고 수용소로 간 반다의 이야기로, '나'는 반다이자 니키다 (나-반다-니키). 마지막 3장에서는 반다가 ('도라'로 살고 있는) 니키를 찾아옴으로써 반다와 니키의 기억은 상호 교환된다. 니키의 말처럼, 그녀는 "두 사람의 기억을 가진 채 살아남았"(110쪽)

기 때문에 서술자는 최종적으로 '나=니키=반다'가 된다. 앞서 소설은 시스템이 분할하는 사회 안과 바깥의 삶이 결국은 체제 유지를 위한 수단으로 전락함으로써 그리 다르지 않다는 것을 보여주었는데, 이번에는 정반대의 방향에서 사회 안과 바깥의 삶이 공통성을 마련하는 장면을 보여준다. 반다가 시스템의 통제를 벗어나 니키에게 기억을 돌려줌으로써 둘에겐 공동의 기억이 생긴 것이다.

반다와의 짧은 대화로 니키가 예전의 기억을 모두 되찾고 정체성의 혼란에서 벗어날 수는 없을 것이다. 그녀는 여전히 자신을 '도라'라고 믿으며 예전과 다름없는 삶을 살아가게 될지도 모른다. 그러나 화성 내부에는 이방인이 존재한다는 것, 그 이방인이 바로 자신일 수 있다는 것을 확인했다는 점은 중요하다. 니키는 반다와 함께 탈옥한 가가가 재판을 받는 장면을 지켜보며, 그가 모든 상황을 지나치게 자세하게 설명하려는 이유를 헤아린다. 가가의 진술은 자신의 자유의지로 선택하고 행위한 모든 일을 망각하지 않으려는 노력일 테다. 가가는 그 일들을 기억하는 한에서 자기 자신으로 남을 수 있음을 알고 있는 것이다. '빅브라더'가 체제의 '안과 바깥' '국민과 이방인' '파산자와 노동자' 등으로 우리의 삶을 분할하면서 동시에 체제 유지를 위한 도구로 전락시킨다면, 이러한 통치에 반하는 자유의지는 우리 각자를 개별자로 실존하게 하면서 자유를 억압하는 힘에 함께 저항할 수 있도록 한다. 니키가 여전히 혼란한 가운데, 자기 내부의 반다를 느끼고 가가에게 응원을 보내는 것은 미미하게나마 감지되는 연대감일 것이다.

"지금 막 삼촌이 내게 해줬던 말이 떠올랐어."

"그 말이 뭐였는데?"

"네가 존중받아야 할 인간이라는 걸 잊지 말아라."

랄라의 반응은 심드렁했다. 내 말을 듣지 못한 게 아닌가 싶었다.

"어때? 아주 따뜻한 말이지?"

"아니, 그건 너무 무서운 말이다, 얘"

랄라는 어깨를 움츠리며 시선을 바닥에 떨구었다. 하도 손톱을 물어뜯어서 짓물러버린 손가락 끝을 문지르며 조심스럽게 내게 물었다.

"그건 아마 우리가 인간이 아니게 될 수 있다는 뜻인 거 같은데?"

"아니, 난 그렇게 생각 안 해. 삼촌의 말을 기억하는 한 난 인간일 거야. 어떤 일이 일어난다고 해도 말이야." (22쪽)

'자유롭고 존중받아야 할 인간'이라는 말은 소설에서 몇 번이나 반복된다. 그런데 이 말은 우리가 자유롭고 존중받아야 할 인간임을 일깨우는 동시에, 그 반대편, 그러니까 자유가 없고 존중받지 못하는 존재는 인간이 아니라는 것, 혹은 자유와 존중은 자격을 갖춘 일부 인간에게만 주어진다는 것으로도 해석될 수 있다. 그래서 랄라는 이를 두고 "무서운 말"이라고 한다. 이처럼 '자유롭고 존중받아야 할 인간'이라는 말에 양면이 있다면, 우리의 세계는 어느 쪽일까? 지구인을 '자유가 없고 존중받지 못하는 비-인간'과 '자유롭고 존중받아야 할 인간'으로 분할하고 있지는 않을까? 죽음을 무릅쓰고 자유를 향해 나아가는 반다의 걸음은 숭고하지만, 그 걸음이 목숨을 담보로만 가능하다면 너무 끔찍한 세계가 아닐까? 우리의 세계는 어디를 향해 가고 있을까? 모두가 자유롭고 존중받는 세계로 나아가고 있는 것일까? 아니면 타자를 배제한 대가로 자유와 존중을 특권처럼 향유하는 곳이 되어가고 있을까? 이것이 바로 『메모리 익스체인지』가 지구인에게 던지는 적실하고 긴급한 질문이다.

작가의 말

처음으로 지구가 아닌 장소를 배경으로 소설을 썼다. 물론 이건 당연히 지구에서 일어나는 일에 대한 이야기다.

제주 난민에 대한 우리들의 서툰 반응이 소설을 구상하게 했다. 강연장에서 만난 한 아랍인이 한국에서 사는 곤란함에 대해 들려준 이야기를 기억하면서 썼다. 어린 시절 나는 피부가 까만 아이였는데 아프리카 깜둥이라고 놀림을 받았던 것도 어쩌면 이 소설을 쓰게 된 여러 가지 이유들 중에 하나일지 모른다.

언젠가 다시 찾아올 그들을, 어쩌면 지금 바로 내 옆에 이미 와 있는 그들을, 어떻게 맞이할 수 있을까?

2020년 1월, 최정화

메모리 익스체인지

지은이 최정화
펴낸이 김영정

초판 1쇄 펴낸날 2020년 1월 25일

펴낸곳 (주)현대문학
등록번호 제1-452호
주소 06532 서울시 서초구 신반포로 321(잠원동, 미래엔)
전화 02-2017-0280
팩스 02-516-5433
홈페이지 www.hdmh.co.kr

© 2020, 최정화

ISBN 978-89-7275-151-9 04810
      978-89-7275-889-1 (세트)

* 책값은 뒤표지에 있습니다.
* 이 도서의 국립중앙도서관 출판예정도서목록(CIP)은 서지정보유통지
  원시스템 홈페이지(http://seoji.nl.go.kr)와 국가자료공동목록시스템
  (http://kolis-net.nl.go.kr)에서 이용하실 수 있습니다.
  (CIP제어번호: CIP2020001695)